꾸글꾸글 문학비평

대구중 3학년 읽고 쓰다
강상준 엮다

머리말

드디어 코로나19의 끝이 보이는 것 같습니다. 머리말을 적고 있는 이 날은 실내 마스크 의무 착용이 완전 해제가 된다는 뉴스가 나온 날입니다. 조만간 실내에서도 마스크를 선택적으로 쓸 수 있는 날이 하루 빨리 왔으면 좋겠습니다.

학교는 그 속에서도 본연의 기능인 학생들의 성장과 배움을 위해 열심히 노력해 왔습니다. 학생들의 학습도 챙겨야 했고, 개인 방역에도 신경을 써 왔습니다. 사실 이렇게 3년째 지내다 보니 조금씩 한계가 느껴지기도 했지만, 현장의 제 자리에서 최선을 다해 노력해 왔습니다.

올해 대구중학교 3학년 학생들은 국어 시간에 비평문 쓰기를 진행했습니다. 교사는 끊임없이 배워서 학생들과 함께 실천하고 성장해야 한다는 생각에, 올해 제가 전국국어교사모임에서 비평 연수를 들으면서 수업에 적용을 해봐야겠다는 생각을 가지고 활동을 진행하였습니다.

비평을 쓰기 위해서는 이해와 표현 모든 부분에서 고루고루 역량을 발휘해야하기 때문에 학교 국어 시간에 하는 활동의 정수라고 할 수 있습니다. 그렇기 때문에 부족한 시간에 학생들이 제가 원하는 수준까지 글을 쓰는 것이 사실 쉽지 않았을 겁니다. 교사의 욕심이 부른 참극으로 끝날 수 있는 수업이기도 하지요.

그렇지만 올해 대구중 3학년 학생들은 그런 교사 개인의 욕심에 부응하면서 본인만의 뛰어난 역량을 글로 잘 보여주었습니다. 그중에서도 좋은 글이라고 할 수 있는 비평문을 모아 이렇게 책으로 만들게 되었습니다. 이 책이 학생들의 책꽂이에서, 학교 도서관에서 추억과 기쁨, 자부심, 그리고 미래에의 이정표 역할을 해주었으면 합니다.

아쉽게 여기 실리지 못했지만 정말 반짝이는 글이 많았습니다. 국어 교사의 보람은 바로 학생의 반짝이는 글과 말에서 찾을 수 있는 것 같습니다. 올해도 수업에 보람을 느끼게 해준 여러 학생들에게 감사의 인사를 이 자리를 빌려 합니다. 앞으로도 비평과 같은 종합적인 사고를 통해 행복하고 통찰력 있는 삶이 되기를 간절히 바랍니다.

2023. 1. 어느날

국어 교사 강상준

추천사 민재식(서울사대부고 국어 교사)

진심, 물성, 만남

요즘 많은 사람이 낮아진 청소년의 문해력을 걱정합니다. 그런데 교사인 제가 교실에서 만난 학생들은 읽고 싶어 하고 쓰고 싶어 합니다. 툭툭 내어놓는 이야기에서는 반짝반짝 빛이 나서 교사인 저만 보고 듣기엔 참 아쉽습니다. 하지만 그 이야기들은 수업에서만 빛나고 이내 사라질 때가 많습니다. 학교는 너무 숨 가쁘게 돌아가고 학생과 교사는 정말 분주하거든요. 청소년의 문해력은 그렇게 학교 안을 벗어나지 못하고 사라져왔습니다.

그런데 여기, 증거가 생겼습니다. 숨 가쁜 학교의 일상에 굴하지 않은 학생과 교사의 진심이 모여 빛나는 이야기가 물성을 얻었습니다. 오래오래 빛나게 된 책을 통해 비평가의 눈을 가진 학생들을 언제든 만날 수 있게 됐습니다. 진심이 물성을 불러왔고, 물성이 만남을 불러온 것입니다.

"이 이야기는 독자에게 질문을 던지고 있다. 이 글을 읽고 있는 당신의 생각은 어떤가? 당신이라면 어떤 선택을 했을까"

작품은 살아 숨 쉬는 것이며, 독자에게 대화를 걸어온다는 사실을 우리에게 알려줍니다.

"내 경험 속 나를 다시 마주하며"

작품을 비평하는 것은 실상 자신을 다시 보는 일임을 말해줍니다.

"우리는 모두 누군가의 딸이고 누군가의 엄마가 될 수 있다."

"이 시는 모든 직장인이 떨어지지 않기를 바라며 지은 시인 듯하다."

문학은 결국 '우리 모두'를 생각하게 만드는 힘이 있음을 가르쳐줍니다. 작품은 작가 혼자가 아니라 독자의 비평과 마음이 모여 함께 완성하는 것임을 이야기합니다.

"여러분도 작품을 읽을 때 하나의 관점이 아닌 다양한 관점으로 바라보시길 바랍니다. 원래 자신이 알고 있는 면 말고도 숨어있던 뜻 밖의 의미도 찾아낼 수 있다고 말해드리고 싶습니다."

"여러 관점으로 해석한다는 것이 재미있는 일이라는 것을 느낄 수 있어서 좋았다. 또 앞으로는 무슨 글이든 비평문을 쓸 수 있겠다는 자신감도 들었다."

여러분은 비평의 눈으로 문학과 세상을 바라보고 그 의미를 생각해 본 적이 있나요? 그렇게 할 수 있다는 자신감이 있나요? 저는 교사임에도 학생들처럼 맑은 눈으로는 보지 못합니다. 학생들처럼 아름다운 표현을 떠올리지도 못합니다. 여기 빛나는 비평가들이 우리에게 가르침을 주고 있습니다. 이 책을 통해 그들에게 비평의 눈을, 그리고 읽고 쓰고 나누는 문해력을 배워보시길 바랍니다. 그들의 맑은 눈이 우리에게 전하는 배움은 사랑이고, 기쁨입니다.

_ 차 례

시 비평문

단편 소설 서평

시 비평문

나룻배와 행인 _ 한용운

면접 _ 오은

이름에게 _ 아이유, 김이나

세 사람 _ 유희열

Blowin' In The Wind _ Bob Dylan

그 날 _ 정민경

엄마가 딸에게 _ 양희은, 김창기, 타이미

스물다섯, 스물하나 _ 김윤아

삐삐 _ 아이유

벼 _ 이성부

4월의 춤 _ 투시드폴

어느 아이의 일기 _ 김상미

봄날 _ SUGA, RM, 방시혁 외

나룻배와 행인 · 한용운

시집 『님의 침묵』(1926)에 실린 시로 시적 화자 자신을 '나룻배'에 비유하여 '당신'을 향한 시적 화자의 마음을 표현한 시.

당신은 누구일까

김도연

이 시는 '나'에 대해 무관심한 '행인'이란 사람에게 나의 모든 사랑과 배려를 나누어 주고, 그가 다시 나에게 돌아올 것이라고 굳게 믿고 있다는 내용이 들어있습니다. 이를 바탕으로 이 시를 해석할 때 가장 중요하게 여겨야 할 점은 '행인', 즉 '당신'이 의미하는 바에 초점을 맞추어 해석해야 한다고 생각합니다. 이러한 초점을 두고 이 시를 해석했을 때, 총 세 가지의 관점으로 이 시를 바라볼 수 있습니다.

먼저, 반영론적 관점으로 이 시를 바라보겠습니다. 반영론적 관점이란 작품에 나타난 현실이 실제 시대적 현실을 어떻게 반영하고 있는지에 중심을 두고 작품을 해석하는 방법입니다. 이 시의 시대는 일제강점기였고 한용운은 독립운동가였단 사실을 고려한다면 이 시에서 뜻하는 당신은 잃어버린 조국을 뜻합니다. 즉, 당신이 돌아오기를 기다린다는 내용은 잃어버린 조국이 돌아오기를 기다린다는 뜻으로 해석할 수 있습니다.

그 다음으로는 표현론적 관점으로 이 시를 해석해볼 수 있습니다. 표현론적 관점이란 작품과 작가와의 관계에 중심을 두고 해석하는 방법으로 작가의 생애, 체험, 사상, 감정 및 의도를 중심으로 작품을 해석해야 합니다. 작가의 생애, 사상 등을 중심으로 이 시를 해석하게 된다면 한용운은 승려였고 그러한 의미에서 당신은 신, 절대자를 뜻한다고 볼 수 있습니다. 이렇게 해석해본다면 당신이 돌아오기를 기다린다는 내용은 떠나버린 신이 나에게 돌아오길 기다린다고 해석할 수 있습니다.

마지막으로, 효용론적 관점에서 이 시를 더 다양하게 해석할 수 있습니다. 효용론적 관점이란 그 작품이 독자에게 준 영향과 관련지어서 해석하는 방법이라 말할 수 있습니다. 이러한 관점에서 작품을 해석하게 된다면 독자는 작품을 통해 삶의 의미를 깨달을 수 있을 뿐더러 독자가 능동적인 주체가 되어, 일반 독자들도 쉽게 실천할 수 있는 관점이 될 수 있습니다. 예를 들자면 이 시에서 '당신'은 택배가 될 수도 있습니다. 아무리 기다려도 오질 않는 택배는 기다리는 나를 보지도 않고 어디에 있는지도 모르지만 결국 우리 집 앞으로 올 것임을 알기 때문에 이 시의 당신과 비슷하다고 말할 수 있습니다. 택배뿐만 아니라, 어머니 등등 많은 이야기를 담을 수 있습니다.

이렇게 세 가지 관점을 활용하여 「나룻배와 행인」이라는 시를 보았는데 하나의 관점이 아닌 여러 관점에서 작품을 바라보게 된다면 더욱 재미있게 작품을 감상할 수 있다고 말하고 싶습니다. 특히 효용론적 관점을 이용하게 되면 훨씬 시의 내용을 더 잘 이해할 수 있게 되고 다양한 생각의 폭을 넓힐 수 있습니다. 이러한 작품들은 그냥 읽기보단 여러 관점과 연결 지어 해석했을 때 그 의미가 더 깊어집니다. 독자 여러분들도 어떠한 작품을 읽을 때 하나의 관점이 아닌 다양한 관점으로 작품을 바라보시기 바랍니다. 원래 자신이 알고 있는 면 말고도 숨어있던 뜻밖의 의미도 찾아낼 수 있다고 말해드리고 싶습니다.

김도연

몸을 움직이는 일을 좋아한다.
재밌는 이야기보단 우울한 이야기를 듣는 것이 더 좋다.
추운 날 아침 공기 향을 좋아한다.
또한, 새벽에 나가 산책할 때 느껴지는 시원한 바람을 좋아한다.
절에서 나는 어두운 향 냄새를 좋아한다.
밝은 곳보단 캄캄한 곳을 좋아하며
신나는 노래보단 어두운 노래를 감상하는 것을 좋아한다.
단조로운 인생보단 큰 일에 휩싸이는 인생을 살고 싶다.
맛이 심심한 음식에 매콤함을 더하면 풍미와 맛이 더 가득해지는 것처럼 매운맛의 장점을 내 삶에 넣고 싶은 마음을 가지고 있다.

나룻배와 행인

오수연

「나룻배와 행인」은 독립운동가이자 승려이기도 한 시인 한용운의 자유시이자 서정시이다. 작품 속에서의 내용으로 해석하면 「나룻배와 행인」은 연인 관계로 해석이 가능하다. 당신을 안고 여울을 건너간다는 내용에서 '당신'을 향한 '나'의 마음이 드러난다. 특히 여울의 깊이나 빠르기에 상관없이 건너겠다는 내용은 세상이 아무리 달라져도 당신에 대한 나의 사랑은 변하지 않는다고 해석할 수 있다. 그리고 기다리며 낡아가는 나룻배를 통해 '나'가 '당신'을 언제나 변치 않는 믿음으로 기다리고 있다는 것을 보여주고 있다. 또한 물을 건너가는 것을 죽음으로 해석하였을 때, 죽음으로 이별한 연인의 한쪽이 죽음으로 다시 만나기를 고대하는 시로 해석할 수도 있다.

「나룻배와 행인」을 쓴 한용운은 일제강점기의 독립운동가로 3·1 운동 당시 민족 대표 33인 중 한 명이자, 시인인 동시에 승려다. 시인이 승려였던 것을 생각하며 불교적 사상에서 해석을 해보면 나룻배는 부처 또는 불교적 진리, 행인은 중생으로 해석할 수 있다. 이 시에서 '물'은 괴로움과 고통이 가득한 인간 세상이다. 그러므로 '나' 즉, 부처는 중생을 괴로운 인간 세상에서 건져내려고 한다. 그렇게 된다면 '당신'을 기다린다는 것은 비록 중생이 '나'의 숭고한 의도를 몰라보고 외면해도 변치 않는 믿음으로 이끌 것이라고 시 해석이 가능할 것이다.

시인 한용운이 이 시를 쓴 1926년 당시에는 일제강점기로 일본 정부가 우리나라를 통제하고 억압하던 시대였다. 일제강점기 때 한용운은 시인인 동시에 독립운동가이기도 했다. 독립운동가이기도 했던 한용운의 상황이 시에 반영되었다고 해석할 때, '행인'은 '조국'을 의미하며, '행인이 떠났다는 것'은 '조국을 빼앗겼다는 것'으로 해석이 가능하다. 그렇게 되면 '당신이 오는 것'은 '조국을 되찾는 것', 즉 광복이 되면 '나'는 언젠가는 반드시 올 광복을 하염없이 기다리는 것으로 해석이 가능하다.

나룻배와 행인을 주관적으로 보았을 때, 나는 나룻배는 부모, 행인은 자식으로 해석했다. 이 시에서 나룻배는 세상이 아무리 변해도 행인에 대한 믿음, 마음만은 절대로 변하지 않겠다는 태도를 취하고 있는데, 이런 사랑은 조건 없이 주기만 하는 사랑이라고 생각했다. 이러한 변치 않고 무조건적인 사랑은 부모가 자식에게 주는 내리사랑이라고밖에 볼 수 없을 것이다. 항상 헌신적인 태도로 행인을 대하는 나룻배는 언제나 자식을 위하는 부모의 모습과 닮아있다. 그렇기에 나는 나룻배와 행인의 관계를 부모와 자식의 관계로 해석했다.

오수연

생각을 해야 할 때와 아닌 때를 구분 못 짓는 오스트랄로피테쿠스.

개근과는 거리가 몇 광년 정도 있는 게으른 놈.

어떤 일이든 끝까지 미뤄 얼렁뚱땅, 얼레벌레, 대충대충 처리하는 것을 즐긴다.

글을 보는 것과 쓰는 것은 좋아하지만 국어가 제일 어려운 학생.

(항상 '인생에서 떠나면 후회하는 건 말, 시간, 기회다.'라는 말을 생각하며 살려고 노력 중.)

희생, 그리고 사랑

이예진

사랑을 다루는 글들을 보면, 흔히 '희생'이 소재로 사용되고는 한다. 대체로 애달픈 감정을 자아내며 심금을 울리기 마련인데, 내가 희생이 가미된 사랑을 받기 때문일까. 그러한 글들을 보면, 등장인물들의 사랑을 고스란히 느낀다. 나도 사랑에 기인한 희생을 종종 한다. 먹고 싶던 것을 양보하는 것과 같은, 정말 얕고, 가벼운 희생이지만. 그럼에도 사랑이란 지대하게 심오해서, 완벽히 이해하기가 어렵다.

여기, 사랑을 이야기하는 시가 하나 있다. 바로, 「나룻배와 행인」이다. 이 시는 시인 한용운의 님에 대한 인내와 희생과 사랑을 그린 시이다. 사랑은 어떤 것일까. 이러한 의문 하나를 가지고서, 시를 읊어본다.

시는 나룻배인 '나'와 그런 '나'를 짓밟는 행인인 '당신'을 그리고 있다. 행인인 '당신'은 '나'를 흙발로 짓밟지만, 나룻배로 나타난 시적 화자는 기쁨과 사랑을 느낀다. 왜냐하면 흙발로 짓밟히는 그 순간만이 그가 '당신'을 만날 수 있는 시간이기 때문이다. 바람과 눈비를 맞는 고통 속에서 '밤에서 낮까지' '당신'을 기다리다가 마침내 '당신'은 나룻배를 탄다. 그러나 그뿐, 나룻배인 그에게는 눈길 한 번 주지 않고 그냥 사라져 버린다. 그러나 '당신'이 반드시 돌아올 것을 믿으며 또다시 '당신'을 기다리며 날마다 외롭게 살아간다.

이 시는 시인 한용운의 또 다른 직업과 연관 지을 때 그 의미가 깊어진다. 한용운은 시인이자 승려였다. '흙발로 짓밟으며' '나'를 배려하지 않는 '당신'의 무심함에도 '당신을 안고 건넌다'는 내용에서 '나'가 희생한다는 것을 알 수 있다. 여울의 상태에 상관없이 '당신'을 안고 건넌다는 내용은 '당신'에 대한 '나'의 깊은 마음을 알게 해준다. 물이 깊거나 얕거나, 물살이 빠르거나, 즉 세상이 아무리 달라져도 당신을 향한 자신의 사랑은 변함이 없다는 것을 보여준다. 이는 받는 것 없이 주기만 하는 사랑으로 볼 수 있다. 당신이 내게 무심해도 나는 변함없는 사랑으로 당신한테 헌신한다는 것이다. 이러한 사랑은 종교적 차원의 사랑에 가깝다고 할 수 있다. '당신'인 부처가 '나'의 믿음을 몰라보고 외면하고 무심해도 변치 않는 믿음을 가질 거라는 것이다.

시인 한용운은 승려였지만 독립운동가이기도 하였다. 이 시가 쓰인 1920년대는 엄혹한 일제강점기였다. 국권을 상실한 지가 벌써 10년이 넘은 상황에서 사람들은 독립에 대한 희망을 접어가고 있던 시기였다. 조국을 되찾기를 얼마나 간절히 바랐을까. '행인이 떠났다는 것'은 조국을 빼앗긴 상황으로, '당신이 돌아오기를 기다린다는 것'은 잃어버린 조국을 되찾기를 기다린다는 것이다. 그렇게 가버린 조국을 되찾기에는 큰 노력과 희생이 잇따를 것이다. 하지만 한용운은 믿었을 것이다. 잃어버린 조국을 언젠가는 반드시 되찾을 것이라고. 그가 '날마다 날마다 낡아가며' 기다린 까닭이다.

이처럼 이 시는 한용운의 삶과 생각이 스며든 시이다. 나룻배인 '나'의 처절하고 헌신적인 사랑은 보는 이의 가슴을 아프게 한다. 나에게 무심한 사람을 사랑한다는 것은 결코 쉬운 일이 아니다. '당신'을 기다리는 '나'의 사랑은 엄청나지 않을 수 없다. 이미 나에게서 떠난 것을 사랑한다는 것은 힘들고 희생이 필요한 일이다. 그럼에도 사랑할 수밖에 없다는 것은 어떤 것일까. 사랑에는 종류와 한계가 없는 게 아닐까? 시를 읽고나서도 여전히 의문은 남아있지만, 그렇기에 사랑은 온전할 수 있다고 생각한다. 사랑의 모습은 너무나도 다양해서, 무엇 하나로 정의 내리기 어렵다. 사랑은 풋풋하고, 포근하며, 처절하다. 이것도 사랑의 일부분밖에 되지 않으니, 가히 엄청나다고 할 수 있을 테다. 찬란한 우리의 모든 사랑을 위하여. 이제껏 받은 사랑을 곱씹어본다.

이예진

4월, 봄의 꽃내음을 한아름 안고서 태어난, 유일의 사람이다.
저마다 각자의 모습을 가지고 흘러가는 것들을, 눈에 오롯이 담는 걸 좋아한다.
별이 내비치는 선연한 광휘를 응망하는 것을 좋아한다. 스스로 빛을 뻗어 내게 닿는 것이 좋다.
굽이치는 물결이 스며든 바다의 여러 모습이 좋다. 새벽의 윤슬, 한낮의 태양빛 얼룩, 밤의 음습한 칠흑. 으스러지는 파도와, 흐드러지는 포말도.
세상의 편린을 지나치지 않고, 간극에 흐르는 잔재도 알아챌 수 있는 사람이 되고 싶다.

헌신적인 사랑을 보여준 「나룻배와 행인」

김채원

얼마 전에 '김부장'이라는 네이버 웹툰을 본 적이 있다. 그 웹툰에서 딸은 아빠를 부끄러워하며 아빠에게 상처가 되는 말을 아무렇지 않게 하며 집을 나갔다. 하지만 이런 딸이 늦게까지 들어오지 않자 아빠는 딸에게 문제가 생겼다는 것을 알아채고 자신의 목숨을 걸고 온 힘을 다해 딸을 찾아다녔다. 나는 이 웹툰을 본 뒤 웹툰 주인공이 사랑하는 딸을 위해 헌신하는 모습을 보고 「나룻배와 행인」에서 '나룻배'를 떠올리게 되었다. 자신을 짓밟아도 행인만을 기다리는 나룻배를.

「나룻배와 행인」에서 '당신'은 '나'를 흙발로 밟고 밤에서 낮, 온종일 '나'를 기다리게 한다. 또 '당신'은 물만 건너면 나를 돌아보지 않고 간다. 하지만 '나'는 아무리 자신을 밟고 기약 없이 기다리게 하는 '당신'을 언제나 기다리며 '당신'이 언제든지 온다고 믿는다.

처음 이 시를 읽었을 때, 위에서 말했듯이 나룻배를 보고 부모의 자식을 향한 헌신적인 사랑이 떠올랐고, 작품 자체에 바탕을 두어 감상해보니 남녀 간의 안타까운 사랑도 떠올랐다. 그리고 아무리 '당신'이 모질게 대해도 '나'가 누구보다 '당신'을 사랑하고 믿는 것을 보고 '나'가 안타깝고 슬프게도 느껴졌다.

한용운 작가의 「나룻배와 행인」은 승려이자 독립운동가였던 한용운의 사상이 잘 드러나 있다. 또한 『님의 침묵』에 있는 다른 시들에서도 발견할 수 있는 님에 대한 기다림과 헌신적 사랑을 느낄 수 있다. 한용운이 승려였다는 사실을 떠올리며 이 시를 감상해 보자. '당신'은 번뇌 때문에 불도의 귀중함을 깨닫지 못한다. 그러나 '나'는 자비를 베풀어 '당신'으로 하여금 생사라는 고해를 건너게 한다. 따라서 '나룻배'는 '부처' 또는 '불교적 진리'를 의미하고, '행인'은 '중생'으로 해석할 수 있다.

한용운의 또 다른 모습이었던 독립운동가 입장에서 가장 중요시 생각하고 아무리 홀대받더라도 끝까지 기다리고 바랐던 것이 무엇일까? 나는 조국의 광복이라고 생각한다. 광복을 위해 노력하고 또 노력하지만 흙발로 짓밟고 돌아보지도 않고 떠나는 '당신'처럼 광복은 쉽게 다가오지 않았다. 그래서 이 시가 일제강점기 때 지어졌다는 사실을 바탕으로 해석한다면 '행인이 떠났다'는 것은 '조국을 빼앗긴 상황'으로, '당신이 돌아오기를 기다린다'는 것은 '잃어버린 조국을 되찾기를 기다린다'는 뜻으로 해석할 수 있다.

나는 이 시를 읽고 부모님께서 나에게 해 준 말이 떠올랐다. 내리사랑은 있어도 치사랑은 없다는 말이다. 내리사랑은 부모가 자식을 사랑한다는 의미를 가지고 있고 치사랑은 그 반대로 자식이 부모를 사랑한다는 것이다. 그러므로 부모가 자식을 사랑하는 것은 자연스러운 일이지만 자식이 부모를 사랑하기는 어렵다는 것이다. 나는 나룻배의 헌신적인 사랑을 보고 나룻배는 부모, 행인은 자식 같다고 생각했다. 그래서 나는 행인이 나룻배를 대한 것처럼 부모님의 사랑을 당연하다고 여기거나 부모님께 막 대하지 않고 치사랑이 어려운 것이라 해도 부모님을 더 사랑하고 소중히 해야겠다고 다짐했다.

이 시는 부모님 또는 연인이나 친구의 사랑을 당연하다고 여기는 사람들이 읽어보았으면 좋겠다. 이 시를 통해 부모님의, 연인의, 친구의 사랑이 얼마나 헌신적이고 대단하고 소중한 것인지 알 수 있기 때문이다. 그래서 먼저 사랑을 주면 그 사랑이 돌아온다는 말처럼 친구들도 이 시를 읽고 주위 사람들에게 사랑받으려고만 하지 말고 먼저 사랑하고 사랑해주는 사람이 됐으면 좋겠다.

김채원

TV를 보면서 여유롭게 먹는 떡볶이를 좋아한다.
비 오는 날 타는 버스를 좋아한다.
만든 지 얼마 안 돼서 뜨끈한 슈크림 붕어빵을 좋아한다.
혼자서 노래를 부르는 것을 좋아한다.
자기 전에 깜깜한 방에서 혼자 듣는 노래를 좋아한다.
예쁘게 꾸며서 친구와 놀러가는 것을 좋아한다.
영화를 볼 때 먹는 팝콘을 좋아한다.
잘생긴 사람을 보는 것을 좋아한다.
웹툰이나 드라마, 예능 보는 것을 좋아한다.
낮잠 자는 것을 좋아한다.

나룻배의 헌신적인 사랑

김지우

내가 이 시를 선택한 이유는 한용운 시인이 유명하여 이름을 많이 들어봤고 시가 간결하여 해석하기 간단해 보였기 때문에 선택하였다. 하지만 이 시는 전혀 간단하지 않았다. 왜냐하면 「나룻배와 행인」은 화자를 나룻배, 당신을 행인으로 비유하여 쓴 시로, 얼핏 보면 연애 내용으로만 해석될 수 있는 시지만 좀 더 자세히 살펴보면 또 다른 의미를 찾을 수 있기 때문이다. 단순한 사랑의 감정이 아니라 당신에 대한 기다림과 헌신적인 사랑을 느낄 수 있는 시이다. 또한 이 시는 당신에 대한 사랑을 노래하고 있지만, 당신에 대한 나의 사랑은 이별의 충격과 험난한 과정을 거친 재회를 통해 성취할 수 있는 것으로 나온다. 그래서 이 시에 나타난 기다림은 원망, 체념의 기다림이 아닌 신뢰에서 나오는 기다림이다. 이처럼 헌신적인 사랑과 기다림은 여러 방면으로 해석될 수 있기 때문에 간단한 시가 아니라고 생각한다. 그렇다면 여러 방면으로 해석해 볼 때 시에서 나룻배와 행인은 무엇을 의미하는 것일까?

먼저, 한용운 시인은 독립운동가 겸 시인이자 승려이다. 일제강점기 때 시집 『님의 침묵』을 출판하여 저항 문학에 앞장섰고, 불교를 통한 청년 운동을 강화하였다. 또한 종래의 무능한 불교를 개혁하고 불교의 현실 참여를 주장하였다. 그렇다면 이 시는 불교적 명상을 바탕으로 한 상징적인 세계를 형상화하였다고 볼 수 있으며, 그래서 나룻배는 '부처' 또는 '불교적 진리'를 의미하고, 행인은 '중생'을 의미할지도 모른다.

또한 한용운 시인이 이 시를 지었을 당시인 1926년은 일제강점기 시대로 일본이 우리나라의 권리를 빼앗고 강제로 점령한 시기였다. 이 기간에 일제는 우리 민족의 문화를 없애고 억누르기 위해 수단과 방법을 가리지 않았다. 하지만 우리 민족 또한 대한 독립을 외치며 끝까지 맞섰다. 이러한 상황에서 행인이 떠났다는 것은 조국을 빼앗긴 상황으로, 당신이 돌아오기를 기다린다는 것은 잃어버린 조국을 되찾기를 기다린다는 뜻으로 해석할 수 있다. 또한 나룻배는 '독립운동가'를 뜻하고 행인은 '조국', '민족', '조국의 독립'이라고 볼 수 있다.

마지막으로 시를 읽게 되면 읽는 사람의 경험과 가치관에 따라 다르게 해석된다는 말이 생각나면서 「나룻배와 행인」이라는 시는 나에게 부모의 자식에 대한 헌신적인 사랑을 떠오르게 했다. 언제나 자식을 위해 희생하시고 보답을 바라지 않는 사랑을 주시는 것이 나룻배와 겹쳐 보였기 때문이다. 또한 어렸을 때나 학창 시절 부모님의 사랑의 소중함을 모르고 친구들과 어울려 놀기에 급급한 나의 모습이 마치 시의 행인같이 느껴졌기 때문이다. 이 시를 통해 나에게 헌신적인 사랑을 주는 사람의 소중함을 깨닫고 앞으로 조금이라도 보답하고자 노력할 수 있지 않을까?

김지우

내가 태어난 해인 2007년에는 제2차 남북정상회담, 샘물교회 선교단 아프가니스탄 피랍사건, 태안 앞바다 기름 유출사고 같은 굵직한 사건이 있었고, 문화면에서는 무한도전이 본격적으로 상승세를 타고, 1박2일이 등장했으며, SBS연예대상이 신설되며 지상파 3사 모두 연예대상을 동시에 진행하게 된 일이 눈길을 끌었다. 특히 2세대 걸그룹인 원더걸스, 카라, 소녀시대가 한꺼번에 데뷔한 일도 있었으니 아무래도 이때의 기운이 모인 결과 나의 성격 중에서 노래를 즐겨듣는 취미가 형성된 듯하다.

면접 · 오은

『우리는 분위기를 사랑해』(2013)에 실린 시. 면접장에 있는 시적 화자의 모습이 잘 드러나 있다.

면접

김지혁

이 시는 오은이라는 시인이 쓴 시이다. 1982년생으로 2002년에 『현대시』에서 처음 이름을 알렸다. 우리가 국어 시간 배운 고전적인 작품들과는 다르게 비교적 현대 사회를 시로 표현하고 있다. 내가 읽은 시는 그중에서 「면접」이라는 시이다. 2013년에 발행된 시집에 실린 시다 보니 확실히 현대인들에게 찾아오는 공통적인 시련이면서, 공감을 살 수 있을 만한 '면접'이라는 소재를 다루고 있다. 이제 시 속의 표현을 알아보자.

시 표현 중 '눈사람'은 '녹지 않았다'는 말과, '낙엽'은 '떨어지지 않았다'는 말과 이어지는 것을 볼 수 있다. 여기서 '눈사람', '낙엽'은 모두 화자 본인을 가리키는 말일 것이다. 화자는 면접자이다. 면접을 보는 시점에서 본인을 '눈사람'과 '낙엽'에 빗대어 표현한 것을 알 수 있다. 그리고 그 이후 질문을 던지고 있다는 표현은 면접을 봤던 자신이 어느덧 면접을 보고 있다는 것, 즉 많은 세월이 흐르고 그 답이 없는 장소인 면접장을 다른 시점으로 보게 되는 구절이다. 그 외에 '녹지 않았다', '순순히 떨어지지 않았다'는 구절은 화자의 그동안의 마음가짐, 의지 등을 나타낸 것으로 보인다.

오은은 시인이 되기 전, 평범하게 직장에 다니고 있었다. 현대인들의 마음을 울릴 시를 쓸 수 있는 이유 또한 본인의 경험을 바탕으로 시를 쓰기에 그럴 것이다. 그런 의미에서 이 시의 화자는 본인임을 추론해 볼 수 있다. 본인이 첫 면접을 봤을 때 느꼈던 감정들로 이루어진 시인 듯하다. '가장 많이 떠들었는데도 듣는 사람보다 귀가 아팠다'는 모순적인 구절을 통해 본인이 그때 느꼈던 혼란스럽고 당혹한 감정을 설명해준다.

이 시의 예상 독자는 아마도 제목처럼 '면접'을 앞둔 취준생들이거나, 첫 면접을 치른 후의 사람들일 것이다. 이외에도 '삼십여년 뒤'라는 구절부터는 면접관들에게도 공감을 살 수 있을 것이다. 시에서는 이 첫 면접자들이 서 있는 공간, 즉 면접장을 '답이 없는 공간'이라 칭한다. 면접자들, 즉 독자들에게 격하게 공감을 살 수 있는 구절일 것이다. 독자의 시점에서는 화자는 독자 본인이 된다. 본인이 느낄, 느꼈던 감정들이 표현된 시라 흥미로울 것이다. 독자들은 눈사람처럼, 그리고 낙엽처럼, 녹지 않고, 떨어지지 않을 것이다.

결론적으로 이 시는 면접을 앞둔 취준생과 면접을 보며 떨었던 과거를 떠올릴 직장인들의 마음을 울릴 시이다. 모든 직장인이 눈사람, 그리고 나뭇잎처럼 떨어지지 않기를 바라며 지은 시인 듯하다.

김지혁

귀찮은 건 질색이다.
더운 걸 싫어한다.
혼자 노래 들으며 게임하는 걸 좋아한다.
시끄러운 음악을 조용히 듣는 걸 좋아한다.
하늘에 떠 있는 것보단 두 발로 서 있는 걸 좋아한다.
즐거워하는 사람을 보면 기분이 좋다.

이름에게 · 아이유—김이나

2017년 발매된 정규 4집 『Palette』의 더블 타이틀 곡. 아이유는 이 곡에 대해 '위로와 화해에 대한 노래'라고 설명했다.

세상의 모든 이름들에게 보내는 편지

김나윤

2017년 4월 발매된 아이유의 정규 4집 『Palette』의 더블 타이틀곡인 「이름에게」는 발매 후 오랜 시간이 흐른 현재까지도 많은 사람이 찾아 듣는 아이유의 명곡 중 하나이다. 「이름에게」가 오랜 시간 사랑받는 데에는 많은 이유가 존재하겠지만 가장 큰 이유는 가사가 아닐까 싶다. 어렸을 적 할머니가 읽어주시는 전래동화를 듣는 듯 편안한 느낌을 주기도 한다.

「이름에게」는 세월호 3주기와 비슷한 시기에 발매되었고, 가사 일부 내용이나, 곡의 분위기 등으로 세월호 침몰사고 추모곡이 아니냐는 의견이 많았다. 하지만 공동 작사가인 아이유는 「이름에게」를 '위로와 화해에 대한 노래'라 소개하며 세월호 침몰 사고에 대한 직접적인 언급을 남기지 않았다. 그렇기 때문에 세월호 추모곡일 가능성을 열어놓고 가사의 내용을 해석해 볼 수 있다.

가사만 살펴본다면 다음과 같이 내용을 살펴볼 수 있다. 꿈 속에서 어김없이 내 앞에 선 그 아이는 고개를 숙여도 기어이 울지 않는다. 안쓰러워 손을 뻗으면 달아난다. 달아난 자리 그 텅 빈 허공을 혼자 껴안는다. 수없이 잃었던 춥고 모진 날, 그날들 사이에 아이의 이름은 조용히 잊혀갔다. 아이와 이별한 이후로, 화자는 자신을 떠난 아이를 잊지 못하고 공허한 마음을 감추지 못한다. 아이를 잃은 화자의 모든 날은 '잃은 날'이었고 하나같이 춥고 모질었다.

곡의 제목인 '이름에게'에서 나의 이름을 대입해서 가사의 내용을 살펴 보면 다음과 같이 읽힌다. 방황하던 어렸을 때의 나를 위로하고, 비록 텅 빈 메아리일 뿐이지만 새벽이 끝나는 곳으로 가자며 자신에 대한 희망을 놓지 않는다. 또 과거의 나의 이름과 현재의 나의 이름이 주는 무게가 달라진다. 책임져야 할 것이 많아졌고, 자유의 폭이 줄어들었다.

하고 싶은 게 있어도 참아야 하고, 주변의 시선을 의식하며 현실이라는 한계에 무겁게 부딪힌다. 또 이름의 의미가 다르다. 부모님이 지어 주신 나의 이름은, 주위 사람들에게 불렸을 때, 특별하고 소중한 나 자체를 의미했다. 그러나 지금 나의 이름은 수단과 역할로서 불리게 된다. 친구로서의 나, 딸로서의 나, 학생으로서의 나 등으로 말이다. 그래서 이 가사는 들으면 들을수록, 읽으면 읽을수록 정말 많은 의미로 나에게 온다.

어찌할 수 없는 이별, 어떻게든 잃어버린 너를 찾아내겠다는 맹세와 다짐. 그것을 '이름'으로 기억할 수 있다. 네가 어디에 있든, 언제 어떻게 다시 만날 수 있을지 모르겠지만 네 이름을 기억하고 외치겠다. 보이지 않도록, 믿을 수 없도록 멀어도, 너를 다시 만날 그날까지 외치고 걷겠다고. 떠나는 모든 이들에게.

김나윤

과한 호의보다 사소한 다정함을 더 좋아한다.

너무 완벽한 것보다 빈틈이 있는 것을 더 좋아한다.

이성을 찾기보다 감정을 따르는 것을 더 좋아한다.

우울할 때는 잔잔한 노래보다 신나는 노래를 듣는 것을 더 좋아한다.

결과보다 과정을 더 좋아한다.

겨울보다 여름을 더 좋아한다.

복잡한 것보다 단조로운 것을 더 좋아한다.

색연필보다 물감을 더 좋아한다.

해결과 판단보다 공감과 위로를 좋아한다.

위로를 받아가는 이름에게

박다민

「이름에게」라는 곡은 원래부터 좋아하고 자주 즐겨 듣던 노래였다. 좋아하는 장르에 분위기, 멜로디까지 지치고 힘들 때 이 노래를 들으며 쉬곤 했다. 잔잔한 분위기라 공부를 할 때도 잠시 눈을 감고 쉴 때도 자주 들었다. 노래 가사의 정확한 의미는 잘 몰랐지만 들으면 조금이나마 위로가 되던 노래였다.

이 노래와 비슷한 상황처럼 보이는 애니메이션이 있다. 『센과 치히로의 행방불명』인데 그 속에서도 "너의 이름을 잊지 말라."는 하쿠의 말이 사실 "너의 원래의 소망과 네가 바라던 그때의 의미를 기억해 내."라는 뜻으로 이 노래의 의미와 비슷하게 해석이 되기도 한다. 둘 다 의미를 봤을 때 위로뿐만 아니라 감동을 주는 것 같다.

살아가다 보면 우리는 빛나던 나의 모습은 잊어버리고, 내가 바라던 나의 의미는 회색빛이 되어버리고, 그저 그때 시절을 그리워할 때가 있다. 그 속에서도 나의 의미를 찾고 견디며 힘겹게 살아가기엔 힘든 세상이다. 나의 옛 시절을 그리워하고 지나간 시간을 자책하고 후회하며 왜 그러지 못했는지, 왜 더 잘 하지 못했는지, 왜 이렇게 되어버렸는지 후회만 하게 된다. 이 노래는 지금도 늦지 않았다며 포기하지 말고 시간이 걸리더라도 내가 원했던 그때 나의 의미를 되찾을 수 있을 거라며 말해주는 것 같다. 가사를 잘 보면 이번에는 절대 놓지 않고, 오래 기다려서라도 반드시 너를 찾겠다는 내용이 나온다. 지나갔던 그 시절의 나의 의미를 찾기 위해 여러 번 시도했고 시간이 많이 지났어도 절대로 포기하지 않겠다, 어둡고 긴 밤이 있어도 밤이 지나면 결국 세상이 밝아지듯이 어둡고 외로워도 내가 포기하지 않는다면, 보이지 않을 정도로 멀어도 기다린다면 나의 의미를 찾을 수 있다는 의미가 담겨있는 것 같다.

이 노래가 발매된 시기를 보면 세월호 3주기와 비슷할 때다. 아이유도 발매 당시 「이름에게」를 가장 조심스러운 곡이라며 밝힌 바 있다. 전 세계 모든 이름에게 바치는 노래라 하지만 각자가 생각하는 해석에 따라 의미는 조금씩 달라진다고 생각한다. 시기를 보면 세월호를 추모하는 곡으로 해석할 수 있다고 생각한다. 가사를 살펴보면 유독 외롭고 어두운 분위기의 배경이 많이 나타나 있다. 이런 어두운 분위기로 봤을 때 힘들고, 외롭고, 어려운 주변에 대한 이야기를 한 것 같다. 그래서 세월호 또는 비슷한 시기 세상을 달리한 샤이니 종현의 추모곡이라는 말이 나온 바 있다.

가사 중 멈추지 않고 새벽이 끝나는 곳으로 멀어도 가자는 내용이 있다. 이 부분에서 많은 사람들이 감동을 느낀 것 같다. 나도 코끝이 시큰해지는 느낌을 받았다. 전체적인 부분이 힘들지만 잊힌 나의 의미를 찾을 거라는 내용인데 절대 포기하지 않고, 멈추지 않고, 몇 번이라도 시도해서 어디든 가서 찾겠다는 것으로 해석이 되는 것 같다. 이런 부분에서 더 위로 받을 수 있을 것 같다.

해석을 모르고 들었을 때와 조금이나마 알고 들었을 때랑 느껴지는 게 확연히 차이가 나는 것 같다. 몰랐을 땐 노래 분위기나 멜로디에 집중해 들었다면 해석을 알았을 땐 가사에 대해 더 깊이 생각하며 이 가사에는 어떤 해석이 담겨 있을까 하고 더 파고들며 노래에 집중하게 되는 것 같다. 해석을 알고 나니 더 자주 듣게 되고 더 위로 받게 되는 것 같다. 여러 방면에서 여러 감동을 주는 곡이라 생각한다. 이 곡이 더 알려져 많은 사람들이 위로 받고 쉬어갈 수 있는 곡이 되었으면 한다.

박다민

더운 여름이나 추운 겨울보다 적당히 쌀쌀한 가을을 더 좋아한다.
액션 영화보다 로맨스나 펑펑 울 수 있는 슬픈 영화를 더 좋아한다.
어두운 계열의 색을 더 좋아한다.
즉흥적인 것보다 다 지키지 못 하더라도 계획 짜는 것을 좋아한다.

세 사람 · 유희열

TOY 7집 『Da Capo』 수록곡. 토이 5집에 수록된 「좋은 사람」 10년 후 버전. 짝사랑했던 상대가 친구와 결혼하는 내용을 담고 있다.

내가 사랑했던 너에게, 우리에게

박소연

사람들은 저마다 나름대로 사랑하며 살아갑니다. 그 사람과의 꼭 쌍방의 사랑이 아니더라도, 비록 나 혼자 하는 짝사랑일지라도, 표현 한번 못 해 본 그런 바보 같은 사랑이더라도 다 각자에게는 소중한 사랑일 것입니다. 그렇게 많은 각각의 형태를 보이는 사랑이라는 주제를 가진 「세 사람」의 노래 가사는 진부한 짝사랑의 내용이 아닌 짝사랑하는 그녀가 나의 친구와 결혼하는, 그래서 나와는 더 이상 이루어질 수 없는 사랑의 이야기를 가사에 담고 있습니다. 이 「세 사람」의 가사 하나하나 감정을 이해하며 매력을 느껴 이 작품을 비평문을 쓸 작품으로 선정하게 되었습니다.

「세 사람」 시작 부분에서 많은 사람들, 분주한 인사, 하얀 드레스라는 소재를 통해 세 사람이 노래에서 말하는 이 친구의 결혼식임을 파악할 수 있습니다. 그 뒤로 이어지는 가사를 보면 하얀 드레스를 입은 여자는 화자가 짝사랑하는 여자이며 멋있어진 녀석은 화자의 친한 친구임을 알 수 있습니다. 화자는 여자를 짝사랑하였지만 자기 친구를 짝사랑하는 여자에게 소개한 그날 이후로 화자의 친구와 짝사랑하는 여자는 연인이 되었다는 내용이 전개됩니다. 「세 사람」의 화자는 자기 친구인 여자를 짝사랑하지만 그 여자는 화자가 아닌 화자의 친구를 좋아하게 되고 화자의 친구와 짝사랑하는 여자가 연인이 되어 결국 화자는 여자에게 마음을 표현하지 못하고 여자와 자기 친구의 결혼식을 축하해주는 내용입니다.

이 곡의 재미있는 점은 「세 사람」을 만든 토이의 또 하나의 히트곡인 「좋은 사람」과 이어진다는 점입니다. 「좋은 사람」은 유희열이 쓴 곡으로 「세 사람」의 10년 전 스토리가 담긴 내용이라고 유희열이 직접 밝혔습니다. 「좋은 사람」과 「세 사람」에는 각각 술에 취한 장면이 등장하는데 이 두 상황을 같은 장면으로 본다면, 짝사랑하는 여자와 내 친구가 친구 이상의 관계인 것을 화자가 알고 화자가 자신의 마음을 숨기는 장면으로 읽을 수 있습니다. 이렇게 「좋은 사람」과 「세 사람」은 오묘하게 이어지는 내용이 있습니다. 이렇게 두 곡이 이어짐으로써 화자의 속마음과 자잘한 감정들까지도 좀 더 자세히 표현되어 듣는 사람은 화자의 마음을 더 깊이 이해하고 공감할 수 있습니다.

이렇게 「좋은 사람」과 「세 사람」 두 곡의 가사를 쓴 유희열의 작사 성향은 소극적인 남성의 사랑을 주제로 한다는 것입니다. 두 곡이 아니더라도 유희열이 쓴 가사를 보면 남자가 한 여자를 좋아하는 마음을 가지고 있으면서도 제대로 짝사랑하는 여자에게 자신의 마음을 표현하지 못하는 화자가 대부분입니다. 이런 유희열의 음악적인 성향이 「세 사람」의 가사에서도 많이 표현되고 있습니다. 「세 사람」의 화자는 결국 짝사랑했던 여자에게 마음을 표현하지 못하고 여자를 놓쳐버리는데, 이 부분에서 유희열의 음악적인, 특히 가사의 특성이 잘 드러난다고 할 수 있습니다.

누구나 살아가면서 사랑을 해봤을 것이고, 또 그 사랑을 지금 이 「세 사람」의 화자처럼 표현하지 못하여 그 사랑하는 사람을 놓치거나 포기한 경험이 한 번쯤은 있을 것입니다. 저도 이 노래를 분석해보며 떠오르는 경험이 있습니다. 저도 지금 생각해보면 '그때 내 마음이라도 솔직하게 표현해볼 걸'이라는 생각이 들지만, 그 당시에 내가 그 사람을 좋아할 때는 이것저것을 가리며 타이밍을 보다 보니 또 혹여나 차이면 어떡하나, 친구로도 못 남으면 어떡하나 하는 생각에 그냥 바라만 보고 나 혼자 끙끙 그 마음을 접어보려고 앓았던 경험이 문득 생각이 납니다.

그런 사랑의 경험을 하나씩을 가지고 이 노래를 접한 사람들은 친구라는 말 앞에 멈추는 화자의 마음에 공감을 많이 할 것입니다. 우정도 사랑만큼 소중하고 중요한 것이니까, 우정도 잃고 싶지 않으니까 괜히 고백을 망설이게 되고 한 발자국 뒤로 물러나게 되는 모습을 이 가사가 그대로 표현하고 있기 때문입니다. 또 너를 향한 마음이 넘쳐 흐르고 그 마음 때문에 내 마음이 너무 아프다는 내용의 가사는 마음을 짠하게 만듭니다. 아직 너만 보면 하고 싶은 말이 너무나 많지만 그 마음을 표현할 수 없는, 나도 모르는 사이에

너만 보면 아파지는 상처가 생긴 나를 이 가사를 통해 다시 마주할 수 있기 때문입니다. 화자는 자신의 마음을 내려놓고 자기 친구와 자신이 짝사랑한 여자를 놓아주며 둘의 결혼을 축하해 주는 가사가 나오는데 이 부분에서 화자의 담담함이 가장 크게 느껴져 더 감동적으로 다가오고 짠해지는 것 같습니다.

이 곡은 내 경험 속 나를 다시 마주하며 「세 사람」이라는 노래의 화자의 마음과 감정까지 헤아릴 수 있는 작품입니다. 어쩌면 화자가 답답하고 바보 같을지 몰라도 우리도 그런 사랑을 한 번쯤은 해볼 것이며 나를 바보로 만드는 그 사람을 살다가 한번은 만나고 경험하게 될 것입니다. 여러분도 이 노래를 듣고 바보 같지만 너무 좋았던 그 사람을, 경험을 떠올리며 사랑의 의미를 다시 한번 스스로 생각하며 깨달아 보시길 바랍니다.

박소연

사회를 더 좋아한다.

눈이 오는 겨울을 더 좋아한다.

남의 말 듣는 걸 더 좋아한다.

줏대 없지만 다른 사람 말에 잘 따르는 나를 더 좋아한다.

노래 듣는 걸 더 좋아한다.

딸기를 더 좋아한다.

사람의 진심이 느껴지는 것을 좋아한다.

이루어지지 않더라도 그 일을 계획하고 생각하는 걸 더 좋아한다.

다른 사람을 진심으로 믿고 진심으로 대하는 나를 더 좋아한다.

추억을 회상하는 걸 더 좋아한다.

Blowin' in The Wind · Bob Dylan

1963년 Bob Dylan의 『The Freewheelin' Bob Dylan』 앨범 수록곡. 우디 거스리의 곡에서 가사 주제를 따왔다. 대중은 반전과 평화를 은유하는 저항 가요로 받아들였으나 정작 가수 본인은 그런 의도가 없었다고 한다.

자유와 평화를 노래한 Bob Dylan의 「Blowin' in the wind」

안선빈

1963년 발매된 Bob Dylan의 『The Freewheelin' Bob Dylan』 중 「Blowin' in the wind」는 비록 민중가요로 분류되었지만, 그 내용에는 전쟁, 평화, 자유 등 깊고 다양한 의미가 내포되어 있다.

「Blowin' in the wind」가 세상에 나오기 3년 전인 1960년을 시작으로 1975년까지 세상은 베트남 전쟁으로 들썩였다. 베트남은 남과 북으로 갈라졌고 후에 남베트남에는 독재 정권이 들어섰다. 북베트남 국민들은 통일을 위해 베트콩(베트남 민족 해방 전선)을 만들어 남베트남 정부와 싸웠다. 이때 미국은 적극적으로 남베트남을 지지하며 베트콩들이 숨을 장소와 식량을 없애기 위해 밀림에 불을 지르고 고엽제(식물의 잎을 말려 죽이는 약품)를 뿌리기도 했다. 이러한 모진 공격들에도 불구하고 북베트남은 끝까지 미군과 남베트남 정부에 맞서 싸워 결국 남베트남의 여러 도시를 차지했다. 미국에서도 전쟁을 반대하는 운동이 일어나며 전쟁은 마무리되었다.

이 시기에는 많은 사람의 희생과 고통이 따랐다. 전쟁으로 인한 고아들이 나타나고, 전쟁 피해가 막대해지면서 사람들은 평화와 자유를 갈망했을 것이다. 이를 토대로 봤을 때, 「Blowin' in the wind」 또한 베트남 전쟁의 희생에 대해 안타까움을 노래한 것으로 해석된다. 가사에 나오는 '친구'를 전쟁에서 희생된 베트남 국민들을 뜻하는 것으로 해석해 보았을 때, '친구'라는 표현은 같은 베트남 국민들끼리 어쩔 수 없이 서로를 상처 입게 만드는 것에 대한 슬픔을 표현한 것은 물론 자신이 매일 같이 늘어나는 희생자들을 도울 수 없는 것에 대해 안타까움을 나타낸 것일 거다. 또한 가사에 등장하는 '하늘'은 전쟁 당시 국민들이 빼앗긴 평화와 자유를 의미할 수 있다. 하늘은 뻥 뚫려 자유롭고 해방적인 느낌을 주기 때문에 시대적 상황을 고려해 생각해 보면 이는 자유와 평화를 상징할 것이다.

산이 씻겨서 바다로 가는데 얼마나 오랜 시간이 필요할지 묻는 가사 내용이 나온다. 여기서 '산'은 전쟁으로 인해 생긴 몸과 마음의 상처를 뜻할 수 있다. 즉, 전쟁으로 인한 상처는 쉽게 지워지지 않고, 역사와 사람들의 마음속에 오래간 남을 것을 의미한다. 마지막으로 의문형 문장 구조를 반복해서 사용함으로써 전쟁에 대한 사람들의 생각을 이끌어냄과 동시에 베트남 전쟁에 대한 저항 의식을 보여준다.

이 가사는 또한 한국의 학생 운동에 큰 영향을 주었다. 1964년에 일어난 6.3항쟁 당시 많은 학생이 「Blowin' in the wind」를 듣고 저항 의식을 키워나갔다고 한다. 오늘날 우리가 격한 운동을 할 때 빠르고 신나는 음악을 듣고, 우울한 날엔 잔잔하고 조용한 노래를 들으며 기분을 달래는 것과 같이, 학생운동에 「Blowin' in the wind」가 큰 몫을 했다는 것은 이 노래가 저항적이고 민주적이란 것을 뜻한다. 당시 학생들은 이 노래를 듣고 큰 용기와 열망을 품고 투쟁에 참여했을 것이다.

Bob Dylan은 답답한 당대 상황에 맞서는 저항적인 가사로 많은 사람을 감격하게 했다. 앞서 말한 내용 이외에도 밥 딜런은 많은 사람에게 좋은 메시지를 전해주었다. 사람에 따라 가사의 해석이 달라질 수 있지만, Bob Dylan만의 독특한 가사들이 우리의 마음을 뛰게 한다는 사실만큼은 누구에게나 동일할 것이다.

안선빈

혼자 있는 나보다 함께 있는 나를 더 좋아한다.
스스로를 인정하는 것도 좋지만, 아직까진 남에게 인정받는 나를 더 좋아한다.
진심이 담긴 무언가를 더 좋아한다.
눈물을 흘릴 줄 아는 사람을 더 좋아한다.
남을 위해 울어줄 수 있는 사람을 더 좋아한다.
재능보다 노력을 더 좋아한다.
도전하는 삶보단 유지하는 삶을 더 좋아한다.
시간 약속을 지키는 사람을 더 좋아한다.
남을 생각할 줄 아는 사람을 더 좋아한다.
자기 자신을 존중하는 사람을 더 좋아한다.

그 날 · 정민경

5·18민주화운동을 소재로 한 시. 2007년 제3회 5·18민주화운동 기념 서울 청소년백일장에서 대상을 수상하였다. 심사위원 중 한 명이었던 정희성 시인은 시에 나타난 현장감에 감탄하는 평을 남겼다.

5·18 민중항쟁의 그 날

이윤정

「그 날」은 평범한 아저씨와 어린 시민군과 계엄군의 모습을 묘사한다. 출근길에 나서는 아저씨와 아저씨의 자전거에 느닷없이 올라탄 학생과 끝내 학생을 데리고 가는 계엄군의 모습까지. 교복을 입은 앳된 얼굴이 눈물 반 콧물 반이 되어 도움이 필요해 보이는 학생을 총을 든 진압군에게 내어준 아저씨의 상황. 계엄군에 맞서 도망가다 잡혀간 어린 시민군, 그를 돕지 못한 시민의 죄책감, 그리고 어린 학생에게조차 총구를 겨누었던 계엄군의 잔혹함. 긴박한 당시의 상황 속에서 살아남은 자들의 후회와 슬픔까지, 작품을 이루는 등장인물들의 현실적인 모습들이 가엾게 느껴진다. 「그 날」은 산문체로 이루어진 시지만 음악성이 뛰어나며 전라도 사투리의 방언에서 나오는 운율적 묘미를 소름이 돋을 정도로 잘 살렸다며 찬사를 받은 작품이다.

반영론적 관점에서 「그 날」은 1980년 5월 광주의 민중 항쟁의 현장을 고스란히 녹여내고 있다. 하지만 직접 민중 항쟁을 겪지 않았을 뿐더러, 당시에 태어나지도 않았던 고등학생이 어떻게도 이렇게나 생생한 시를 쓸 수 있었을까. 그래서 작가에 대해 살펴봐야 한다.

표현론적 관점. 정민경 시인은 1989년 태어나 여수에서 태어났지만 여섯 살 때까지 광주에서 자랐다. 어릴 때 부모님으로부터 듣기를 아버지의 친구 중 5·18 때 군에 끌려가 고문을 당하는 등 아직 트라우마를 안고 사는 분이 많다고 하였다. 주변에서 이런 '5월 광주'의 이야기를 많이 들었다. 「그 날」의 직접적인 영감을 준 작품은 강풀의 「26년」이라는 만화다. 이 만화의 내용이 원천이 되어 자연스레 시가 되었다고 한다. 정민경 시인은 주변 어른들에게 5·18에 대한 이야기를 많이 들었고, 미디어로 5·18을 접하였으며, 심지어는 당시 사학과에 다녔던 네 살 위 친오빠와 역사에 관련된 이야기를 많이 나눴던 것도 영향이 컸다고 한다. 이 시는 시인이 19살, 고등학교 3학년 때 썼다. 이 시를 읽은 심사위원 정희성 시인은 경악했다고 한다. 정민경 시인은 이러한 가정 환경 덕분에 고등학생이라는 어린 나이에 5·18 민중항쟁에 대해 깊게 이해할 수 있었다.

그럼 이 시는 우리에게 어떤 의미인가? 효용론적 관점으로 이 시를 바라보면 이 시는 5·18 민중 항쟁을 직접 겪은 이들의 모습, 학살당한 시민군의 슬픈 얼굴과 항쟁에 참여할 수 없었던 소시민의 비애, 시민군을 겁에 질리게 한 계엄군의 총구, 게다가 국민들에게서 등을 돌린 언론사들의 비겁함 등이 뒤섞이면서 갖가지의 견딜 수 없는 슬픔이 느껴진다. 지금까지도 트라우마를 겪는 이들에게는 여전히 끝나지 않은 5·18이다. 5·18을 겪지 않은 이들에게는 이 시를 읽으며 그때의 모습을 상상하여 눈앞에 그려낼 수 있게 되며 또다시 5·18과 같은 비극이 일어나지 않도록 교훈을 주기도 한다.

이토록 많은 방법으로 해석할 수 있는 「그 날」이지만 이 중에서 가장 어울리는 해석 방법은 반영론적 관점이라고 생각한다. 물론, 작품 내에서의 요소들만으로도 해석할 수 있지만 주제와 배경이 5·18 민중항쟁인 만큼 시대를 반영하여 해석할 수 있는 반영론적 관점이 타당하다고 생각한다.

이윤정

강아지보다 고양이를 더 좋아한다.
따뜻한 봄보다 시원한 가을을 더 좋아한다.
자연보다 도시를 더 좋아한다.
수학보다 영어를 더 좋아한다.
밖에서 노는 것보다 집에서 쉬는 것을 더 좋아한다.
드라마보다 영화를 더 좋아한다.
선역보다 악역을 더 좋아한다.
현실적인 이야기보다 동화같은 이야기를 더 좋아한다.
에세이보다 소설을 더 좋아한다.
디즈니를 더 좋아한다.

엄마가 딸에게

양희은 — 김창기 — 타이미

2015년 『「뜻밖의 만남」 네 번째』 앨범 수록곡. 후렴구가 인상적인 노래다. 제목은 엄마가 딸에게 하는 이야기 같지만, 엄마와 딸의 속마음을 교차해서 보여주고 있는 노래다.

엄마의 마음

정주희

이 노래는 세상의 모든 엄마와 딸에게 바치는 노래이다. 첫 구절은 아이들을 보며 매일 성장한다고 생각했던 시간이 이제는 엄마가 늙고 있다고 생각한다. 바쁜 삶을 살다 보니 삶에 대해서 아직도 잘 모르고, 딸에게 해줄 말은 없지만 좀 더 행복해지기를 원하는 마음에 딸에게 자기 삶을 살라고 이야기하고 있다. 그리고 내 일상과 닮아있는 엄마들의 삶에 위로와 위안을 주는 노래인 것 같다.

항상 어린 줄만 알았었는데 큰딸이 성장하고 있다는 것을 느끼고 정말로 딸의 삶을 살기를 바라고 있다. 사랑하면서도 그 사랑, 말로는 다 표현할 수 없고 사랑하는 마음은 깊은데 마주 보며 서로에게 하는 말과 행동은 어느 순간부터 가시가 되어 서로를 찌른다. 아직 일어나지 않는 일들과 이미 지나온 일들이 주마등처럼 지나간다. 속상한 마음에 자꾸 '왜 그러냐'고 물어보기만 했던 엄마가, 딸은 원망스럽다. 조금 더 따뜻하게 안아주지 못했던 지난날을 엄마는 엄마의 틀을 강요하면서 딸에겐 부담이었을 거라는 생각에 미안함이 밀려온다.

엄마로서는 그저 딸이 걱정되고 잘 되었으면 하는 바람으로 해왔던 모든 것들이 딸에겐 그것이 잔소리였는지 엄마는 알지 못하였다. 너도 네가 사는 세상이 처음이고 네가 겪는 것들이 처음이듯, 엄마도 엄마로 사는 세상이 처음이라 무엇이 맞는 건지 어떻게 대처하는지 잘 몰라 딸과 갈등이 자꾸 일어난다.

엄마는 딸이 성장하는 과정 중에 딸의 행동이 이해가 가지 않고 섭섭하기만 했다. 딸도 엄마의 하는 말이 이해되지도 않고 힘들고 답답하기만 했다. 하지만 나이가 들고 뒤돌아보니 아쉬움과 미련이 남는다. 어쩌면 이렇게 딸을 키우는 엄마의 마음을 잘 표현하였는지. 또한, 사춘기 시절 힘들었던 이야기를 다시 보여주고 있다. 힘들고 서먹한 적도 있지만, 더 이해하려고, 배려하려고 서로에게 상처를 주고 싶지 않았던 모습이 담겨 있다. 그리고 좀 더 좋은 엄마가 되지 못했던 후회와 함께 딸은 나보다 더 좋은 엄마가 되기를 바란다. 엄마의 돌이키는 마음속에 자식에게 요구하는 엄마의 일방적인 바람과 소원을 다 묻어 버리고 자식이 잘되기만을 바란다. 차마 말하지 못했던 속마음을 노래로 이야기하고 있다.

딸과 엄마가 서로를 더 깊이 알아가게 되며, 서로에 대해 잘해주지 못했던 마음과 서로를 더 사랑하게 만드는 노래이다. 우리는 모두 누군가의 딸이고 누군가의 엄마가 될 수 있다. 항상 따뜻한 사랑과 마음을 전달해야 할 것 같다. 그리고 엄마의 본심이 나타나는 노래다. 엄마가 딸에게, 딸이 엄마에게 차마 말하지 못했던 속마음을 소통을 통해 뚫어주는 역할을 하는 노래이다. 이 노래는 가사가 무엇보다 누구나 공감할 수 있었고 솔직한 현실을 그대로 나타낸 우리의 아픔이자 엄마와 딸 사이에 발생하는 태도 속에서도 서로를 사랑한다는 내용을 이야기하고 있다.

정주희

봄엔 흩날리는 벚꽃보다 붉은 색으로 물든 단풍잎이 있는 가을을 더 좋아한다.

겨울에 먹는 국화빵보다 붕어빵을 더 좋아한다.

동상 걸릴만큼 추운 것보다 적당한 추위를 더 좋아한다.

추운 날 집 안에서 손이 노랗게 될 때까지 귤 까먹는 것을 더 좋아한다.

무슨 일을 하면 못 한다고 말하는 남자보다 노력하는 남자를 더 좋아한다.

힘들다는 기분이 들 때 기분 전환이 되는 음악보다

잔잔한 음악을 듣고 위로가 되는 책 읽는 것을 더 좋아한다.

「엄마가 딸에게」 해석

제갈서연

「엄마가 딸에게」라는 작품은 작품 속 딸의 행복한 삶을 위해 엄마가 노력하지만 결국 서로 생각의 차이 때문에 마음의 문을 닫으면서 엄마와 딸의 관계는 한없이 어렵다는 것을 느끼게 한다. 그리고 서로 대화를 주고받는 것처럼 가사가 표현되어 있어서 더욱 현실감 느껴지게 한다. 나는 이 작품을 평소에 알던 작품이었지만 가사에 어떠한 뜻이 담겨 있는지 직접 알아보고 싶어서 이 작품을 고르게 되었다. 그리고 그 해석을 통해 앞으로의 내 삶에 있어서 교훈을 얻고 싶었다.

가사에는 딸이 행복해지기를 바라는 마음에 엄마가 할 말을 찾는 내용이 나온다. 이 부분에서 작가 양희은의 생애를 생각해볼 수 있다. 작가는 어린 시절 어머니의 양장점이 불타고 보증까지 잘못 서게 되어 재산 몇 십 억이 날아가면서 가난을 겪게 되었다. 이러한 이유로 어린 시절 아무 희망이 없던 작사가는 가사에 딸은 자신과 같은 길을 밟지 않고 행복하게 살아갔으면 하는 의도를 담았다고 볼 수 있다. 또한 작사가는 자신의 아버지가 일찍 세상을 떠나셔서 중, 고등학생 때 많이 방황했던 시기가 있었는데 딸에게 성실하라고 말하는 부분에서 자신의 학창 시절이 썩 빛나지 않았기 때문에 가사에서 딸에게 차마 성실하라고 말을 못한 것으로 보인다. 즉, 작가의 학창 시절이 가사에 녹아든 것이다.

이 작품을 보고 예쁜 딸로 남고 싶었지만 미운 털이 이미 박힌 것 같다는 부분에서 나는 공부는 제대로 하지 않고 놀기만 하는 그저 게으른 딸로 보여서 엄마에게 죄송스러웠던 나의 경험을 떠올릴 수 있었고 또 좋은 엄마가 되지 못한 걸 용서해 달라는 부분에서 우리 집안은 가슴 아픈 가정사로 인해 다른 집안들과 비교되는 것 같아 속상하고 마음이 힘들다고 이야기 했을 때 많이 부족해서 미안하다고, 괜찮다고 다독여주던 엄마가 떠올랐다. 이처럼 다른 독자들도 작품을 통해 저마다 다른 개인의 경험을 떠올려 자신들의 엄마와의 사이를 다시금 생각해보게 하고 무조건 자신의 기분이나 입장만 생각하여 행동하지 않고 엄마의 입장, 나아가 상대방의 입장도 생각하자는 교훈을 얻게 해줄 수 있다.

「엄마가 딸에게」라는 노래는 양희은의 생애를 바탕으로 해석을 할 수 있고 독자들만의 경험을 떠올려 이 작품에 대해 해석해 볼 수 있다. 나는 이 작품을 해석하면서 작가에 대해 몰랐던 사실들도 알게 되었고 관점에 따라 작품 하나에 대한 여러 가지 해석을 해볼 수 있었다. 또한 이 작품을 통해 나의 경험도 떠올려볼 수 있게 해주었고, 부정적이었던 나의 태도도 다시 되돌아볼 수 있게 해주었으며 교훈도 얻을 수 있었다.

제갈서연

내가 태어난 2007년에는 제 2차 남북정상회담, 태안 앞바다 기름 유출 사고와 같은 사건이 있었고, 문화면에서는 한국 예능 프로그램 '1박 2일'이 등장, 이를 통해 리얼 버라이어티의 시대 시작, SBS 연예대상이 신설, 11년만의 400만 관중 시대를 연 프로야구와 같은 일이 눈길을 끌었다. 그 해에 마침 이서(걸그룹 IVE), 정동원(트로트가수) 등의 유명인이 태어났고, 특히 태안 앞바다 기름 유출 사고로 인해 많은 자원봉사자들이 나서서 기름을 제거하는 일도 있었으니 아무래도 이 때의 기운이 모인 결과 나의 성격 중에서 강한 봉사정신과 리더십이 형성된 듯하다. 뿐만 아니라 탈레반의 납치극 같은 일도 특별히 기억해두고 싶다. 특히 빅뱅의 거짓말, 원더걸스의 Tell me, 소녀시대의 다시 만난 세계 같은 곡들이 유행가로 울려 퍼지고, 그 해에 돌+I(아이) 라는 유행어가 인기를 끌었다고 하니, 내가 가진 엉뚱함과 유머러스한 분위기에 영향을 끼쳤을 만하다.

엄마의 사랑

홍다영

「엄마가 딸에게」라는 노래는 1절 첫 소절부터 '엄마'가 된 화자가 독백으로 자신의 심정을 토로하고 있다. 세월이 많이 지났음에도 삶에 대해 잘 모르겠다는 화자가 좋은 엄마가 되고 싶었지만 딸을 위해 겨우 진부한 말만 해줄 뿐, 해줄 말이 없어서 미안해하는 것을 알 수 있다. 2절은 화자가 '딸'로 바뀌는데, 딸은 엄마에게 불만을 표현하며 엄마와의 갈등이 있다는 것을 알 수 있다. 이 작품의 전체적 구성을 볼 때 엄마와 딸이 서로 대화하기보단 엄마와 딸이 서로 독백으로 토로하는 것처럼 보인다. 나는 이런 점을 통해 마치 엄마와 딸이 이런 속마음을 솔직하게 표현하는 대화를 나누는 것이 쉽지만은 않다는 것을 표현하고 있는 것 같다. 더 나아가 나는 이 노래의 대상이 엄마와 딸이 아닌 아빠와 딸이었으면 더 좋았을 것 같다. 엄마와 딸도 물론 이런 대화를 나누는 것이 쉽지만은 않다. 그러나 엄마는 여자로서 딸을 좀 더 이해할 수 있고 더 잘 알기에 딸과 거리가 아빠보단 가깝다고 할 수 있다. 반면에 아빠는 사춘기 시절의 딸과 점점 멀어지고 대화가 줄어드는 게 대다수이다. 이런 점을 통해 나는 엄마보다 아빠의 입장에서 좀 더 딸에게 해주고 싶은 말과 마음을 노래로라도 전했으면 좋았을 것 같다는 생각이 든다.

이 노래는 작사가 양희은이 어머니가 보증을 잘못 서고, 가게가 홀라당 타버리는 바람에 집안이 기울어 대학 시절 끼니는 물론이고 교통비조차 없어서 걸어 다녀야 했던 심각한 가난을 겪어 힘든 학창 시절을 보낸 경험을 바탕으로 만든 것 같다. 작사가는 작품 속 딸이 더 행복해지기를 바란다는 부분에서 자신의 힘들었던 학창 시절을 떠올리며 자신이 겪었던 힘든 일을 딸이 겪지 않기를 바라는 마음을 가사에 나타내고 있다 생각한다. 또한 작사가는 학창 시절 부모님의 이혼 후 아버지가 세상을 떠난 뒤 마음 둘 곳 없어 학교도 안 가고 방황했던 시기가 있었다. 이 경험을 가사에서 작가도 본인의 방황하던 학창 시절로 인해 딸에게 차마 성실하라고 말하지 못하는 것으로 표현하고 있다.

또한 작품 속 좋은 엄마가 되지 못한 것을 용서해 달라는 가사에서 독자는 딸에게 더 많이 잘 해주고 싶었던 엄마의 마음과 사랑을 한 번 더 느끼고 울컥한 감정이 들 수 있다. 또한 나는 작품 속 예쁜 딸이고 싶은데 미운 털이 벌써 박힌 것 같다는 가사에서 나도 엄마한테 잘하고 싶지만 뜻대로 잘 되지 않고, 오히려 엄마에게 잘못한 일이 많아지는 게 떠올라 미안한 마음이 들었고, 지금부터라도 잘해야겠다는 생각이 들었다.

나는 마지막 가사 자신보다 더 좋은 엄마가 되어달라는 부분에서 '엄마'보다 더 좋은 엄마가 될 수 있을까에 대해 의문과 알 수 없는 막막함이 들었다.

홍다영

내가 제일 잘 놀았던 해인 2022년에는 카타르 월드컵, 이태원 참사, 윤석열 대통령 당선 같은 굵직한 사건들이 있었고 문화면에서는 가요계나 셧다운제 폐지 같은 일이 눈길을 끌었다. 특히 이태원 참사 같은 일도 있었으니 이때의 기운이 모인 결과 나의 성격 중에서 사람 많은 곳을 별로 좋아하지 않는 경향이 생긴 것 같다.

이 작품의 속마음

김가슬

「엄마가 딸에게」는 엄마와 딸이 서로에게 해주고 싶은 말을 노래를 통해 전해주는 작품이다. 엄마와 딸이 서로 자신의 인생을 돌이켜 보며 대화를 하는 형식으로 진행되는데 시점이 엄마와 딸을 번갈아 가며 진행된다. 엄마는 자기 딸에게 항상 모진 말을 하지만 그 내용이 자기 딸이 힘들어할 것이라는 것을 엄마 또한 잘 알고 있다는 것을 가사를 통해 알 수 있다. 그의 딸 또한 엄마의 말에 자신도 알고 있다고 대꾸한다. 하지만 이렇게 엄마가 딸에게 모질게 말한 이유가 마지막에 나오는데 그 이유는 자기 딸이 자기보다 더 좋은 사람, 더 좋은 엄마가 되었으면 하는 바람 때문이다. 중간에 그들의 속마음을 담은 내용 또한 나오는데 엄마는 딸이 좀 더 행복해지기를 원하는 마음에 같은 말을 반복하고, 딸은 그런 엄마로 인해 마음의 문을 더 굳게 닫는다. 이로 보아 그들은 서로를 사랑하지만 표현하는 방식에 문제가 있기 때문에 그들의 진심이 잘 전해지지 않았던 것이라고 생각한다.

이 작품에서 딸이 엄마가 어째서 이런 말을 하는지 이해하지 못하는 모습이 나오는데 자신의 나이가 15살이라고 말하는 것을 보아 자신의 주장을 펼치고 싶지만 그로 인해 엄마에게 미운털이 박혀버렸다고 생각하고 있다. 나 또한 과거 엄마와의 마찰을 겪어 본 적이 있었는데 다시는 사이가 좋아지지 않을 거라는 생각과 달리 우리들은 시간이 지날수록 서로를 더욱 이해할 수 있게 되었다. 이 경험을 통해 작품 속 그들 또한 서로를 이해할 수 있을 거라고 생각한다.

이런 전개 방식의 진가는 독자들의 경험과 만나며 더욱 좋은 효과를 내는데 이 작품을 보며 그들은 자신의 엄마와 함께했던 경험을 떠올리게 된다. 어떠한 독자는 자신과 엄마 사이에 있었던 마찰에 대해 생각을 하고 어떠한 독자는 자기 자신이 엄마가 되어 드디어 이해하게 된 엄마 행동을 다시 한번 생각해 보곤 한다. 이 작품은 글뿐만 아니라 노래를 포함하기 때문에 독자들은 더욱 깊고 슬픈 감정들을 이 작품에서 느끼게 된다.

독자들은 이 작품으로 자신을 다시 돌아볼 수 있게 되었고 엄마의 의미 또한 다시 한번 생각해 보게 되었을 것이고 또한 그들이 자기 자식에게 한 말을 생각해보고 말을 할 수 있게 될 것이다.

김가슬

나는 항상 비가 내린 뒤의 식물에게서 나는 파릇파릇한 생명의 풀내음을 좋아하고.
제철에 먹는 과일을 좋아한다.
더운 여름 시원한 바닷가도 좋지만 널찍한 나무 그늘을 만끽하며 산을 오르는 것 또한 좋아한다.
친해지고 싶었던 사람과 더욱 친해지기 위해 노력하는 것은 힘들지만 그 행동의 성취감을 좋아한다.
다른 나라로 여행을 가보는 것을 좋아하고 그 나라의 역사와 자연환경을 직접 보고 듣고, 음식을 맛보는 것을 정말 좋아한다.
나와 친해지려 노력해주는 사람들을 좋아한다.
영화를 보고 같이 본 친구들과 영화 감상을 깊게 나누는 것을 좋아한다.
친구들과 소소하게 모여 도란도란 이야기 나누는 것도 좋아한다.

「엄마가 딸에게」를 듣고

전유정

나의 중학교 2학년을 되돌아본다면 빠질 수 없는 기억 중 하나로 엄마와의 싸움을 꼽을 수 있을 것 같다. 당시 나는 사춘기를 겪고 있었고 엄마가 나에게 하는 말들을 모두 간섭으로 받아들였었던 것 같다. 꼭 내가 아니더라도 나의 친구들, 더 넓게는 나와 또래인 학생들로부터 얘기를 들어보면 많은 사춘기 학생들이 부모님과 충돌한다는 사실을 알 수가 있었다. 그 충돌에는 여러 가지 종류가 있었는데 교우관계, 진로, 학업 성적 등등. 현재도 많은 사춘기 학생들이 각자 여러 가지 이유로 부모님과 갈등하고 있을 것이다. 하지만 시간이 지나고 나서 부모님이 내게 했던 충고와 쓴 말이 모두 관심이고 내가 잘되었으면 하는 마음에서 했던 말이라는 걸 알게 되니 마냥 예전처럼 나쁘게만 받아들일 수 없게 된 것 같다. 중학교 2학년 사춘기 당시 내가 듣고 깊게 공감했던 노래가 하나 있는데 바로 「엄마가 딸에게」라는 노래이다.

전주 없이 시작되는 양희은의 노래는 '엄마'가 독백을 읊는다. 가사 속 엄마는 어른이 된 딸을 보며 과거 자신이 어렸던 딸에게 엄마로서 했었던 가르침들에 대해 회상하기 시작한다. 그리고 바로 깨닫는다. 자신이 과거 어린 딸에게 엄마로서 했던 말들이 잘못된 가르침이라고 생각한다. 하지만 이 가르침들이 딸이 더 행복해졌으면 하길 바라서 미숙하게나마 전한 엄마의 마음이었던 것이다. 2절은 과거 딸의 독백으로 시작된다. 열다섯, 중학교 2학년의 나이인 사춘기 딸은 엄마의 말들에 자신은 엄마에게 미운털이 박혔다고 생각하고 엄마에게서부터 마음의 문을 굳게 닫아버린다. 이후 회상을 마친 엄마는 누군가의 엄마가 될 자기 딸을 보내주며 자신보다는 더 나은 엄마가 되길 바라며 노래는 끝이 난다.

중학교 2학년 사춘기를 막 겪고 있었을 시절에 이 노래를 들었을 때는 딸의 입장에 더 많이 공감했었는데 지금 이 글을 쓰며 다시 가사를 읽어보니 미숙하지만 딸을 사랑하는 엄마의 마음도 많이 공감이 가는 것 같다.

작곡가인 김창기는 소아정신과 전문의로 일하고 있었는데 중학교 2학년 사춘기 학생이 엄마의 충고를 어떻게 받아들이냐를 예쁜 딸이고 싶지만 미운 털이 박혔다는 가사로 표현하며 엄마의 충고가 자신이 미워서 하는 말이라고 느끼는 사춘기 학생의 감정 흐름을 잘 담은 것 같다.

최근에 성적 문제로 엄마와 약간의 말다툼이 있었다. 당시 엄마의 쓴 충고를 듣고는 상처를 받았었는데 「엄마가 딸에게」를 듣고 나니 엄마의 충고가 결국 내가 잘 됐으면 하는 마음에서 나온 말이란 걸 깨달았다. 이 노래는 사춘기를 겪고 있는 학생 혹은 사춘기인 누군가의 가족이라면 꼭 들어볼 만한 노래이다. 이 노래를 들음으로써 서로에 대한 마음을 더 이해할 수 있기 때문이다. 만약 자신이 사춘기를 겪고 있거나 사춘기인 누군가가 가족이라면 이 노래를 듣고 서로에 대해 더 이해할 수 있기를 바란다.

전유정

꾸밈없는 사람을 좋아한다.

물질적 소유를 좋아한다.

선입견이 없고 개방적인 삶을 좋아한다.

흥미 위주의 욕구가 높은 것을 좋아한다.

새로운 것에 자유롭게 도전하는 것을 좋아한다.

내기를 좋아한다.

즉흥적인 것을 좋아한다.

웃긴 것을 좋아한다.

빠른 것을 좋아한다.

단순한 걸 좋아한다.

엄마와 딸의 관계에 대해

김은서

우리는 지금 가족과 소통을 많이 하고 있을까? 옛날보다 지금 우리는 가족들과 소통하는 시간이 많이 줄어든 것 같다. 「엄마가 딸에게」라는 노래는 이 문제를 줄이는데 도움이 되는 노래이다. 이 노래는 엄마가 딸에게, 딸이 엄마에게 말을 하듯이 노래 가사로 나타낸 곡이다. 나는 이 노래를 처음 들었을 때 대화하듯이 가사가 쓰여 있어서 독특하고 개성 있다고 생각했다. 또한 나는 이 노래를 통해 엄마와 내가 소통할 수 있는 계기를 마련해 주어 좋았다.

이 노래는 엄마와 딸의 관계를 알 수 있는 노래이다. 엄마는 딸에게 공부하라고, 성실하라고, 사랑하라고 말하고 있지만 엄마도 사실 그렇게 살지 못했다는 것을 가사에서 쉽게 찾을 수 있다. 그래서 좋은 엄마가 되지 못한 것을 딸에게 용서받고 싶어 한다. 마지막으로 나보다는 좋은 엄마가 되라고 말하면서 엄마는 딸이 좋은 엄마가 되기를 바라는 간절한 마음이 묻어있는 것을 볼 수 있다.

반면에 딸의 입장에서 보면 딸은 항상 엄마에게 예쁜 딸로 머물고 싶었지만 그러지 못했다. 또한 엄마에게 이미 미운털이 박혔다고 생각하고 있다. 엄마와 딸은 서로 소통하는 데에 문제가 있다고 볼 수 있다.

이 작품에서 작가 양희은은 딸이 엄마에게 차마 말하지 못하는 속마음을 이야기하는「엄마가 딸에게」를 통해 엄마와 딸이 마주 보고 대화를 해나갈 수 있고, 혹시 이 노래가 대화 물꼬를 틔우는 역할을 했으면 좋겠다고 말했다. 또한 그녀가 세상의 모든 딸에게 더 많이 소통하고 후회 없이 살았으면 좋겠다는 마음으로 이 가사를 만들었다고 한다. 또한 양희은은 이 노래가 엄마와 딸의 관계를 회복하는 매개체가 되길 원하고 있다. 이 부분에서 우리는 이 노래가 엄마와 딸의 관계를 이어주는 곡인 걸 알 수 있다.

이 노래를 들었을 때 딸은 엄마를 생각하고 엄마는 딸을 생각함으로써 엄마와 딸의 사이를 더 좋고 소중하게 만들고 있다. 또한 엄마와 딸이 자신에 대해 깊게 반성하고 고쳐나감으로써 엄마와 딸의 관계를 회복할 수 있다. 따라서 이 노래는 엄마와 딸의 관계를 더욱 좋게 만들고 향상시킬 수 있고 엄마와 화해할 수 있도록 용기를 북돋아 주도록 도와주는 곡인 것 같다. 그러므로 우리는 이 노래를 듣고 가족과의 소통을 넓힐 수 있다.

이 노래는 우리에게 각각 엄마와 딸의 입장을 보여줌으로써 서로에 대한 마음을 이해하게 해주는 곡이다. 비록 옛날보다 우리는 지금 가족과 소통하는 시간이 줄어들고 있지만 양희은의 「엄마가 딸에게」라는 노래를 듣고 엄마와 딸의 관계를 만들 수 있으면 좋겠다. 따라 나 또한 엄마의 마음을 이해하여 좋은 관계를 이어 나갈 수 있을 것 같다. 그래서 이 노래를 듣고 나는 사람들이 엄마와 딸의 입장을 이해하여 더 좋은 관계를 맺어나가면 좋겠다.

김은서

내가 태어난 해인 2007년에는 대기업 회장의 보복 폭행 사건 등이 있었다.

이때에는 김리원, 이서, 정동원 이라는 유명 연예인이 태어났다.

이때 특히 힘들 때 웃으면서 극복해 내어 지금은 습관이 되어 웃는 게 일상이 되는 성격을 가졌다.

스물다섯, 스물하나 · 김윤아

2013년 자우림의『Goodbye, grief.』에 실린 곡. 지나가버린 청춘에 대해 회상하는 내용의 가사. 김윤아는 벚꽃이 흩날리는 모습을 보고 멜로디를 떠올리고, 여기에 가사를 붙였다고 한다.

「스물 다섯, 스물 하나」의 의미

심연우

「스물 다섯, 스물 하나」를 쓴 김윤아가 속한 자우림은 3인조 록밴드이다. 록밴드에서 쓴 가사를 선정한 이유는 가사를 봤을 때 반복적인 구간이 많은데, 반복적으로 가사가 등장했다는 것은 그 부분을 강조하고 싶다는 의미일 것이다. '대체 지난날이 어때서 그렇게 강조를 하고 있는 걸까?'라는 궁금증이 생겼다. 그리고 스물다섯과 스물하나는 특별한 나이라고 생각이 들었다. 네 살 차이이며 이십 대의 초중반인 나이인 만큼 나이 자체로 청춘이 느껴졌다.

가사 첫 구절을 듣자마자 '청춘'이라는 단어가 생각났다.

꽃이 피는 계절은 봄인데 봄이라고 하면 청춘이 떠오르고 제목도 '스물다섯 스물하나'라는 것은 이십 대, 청춘의 숫자이기 때문이다. 가사의 전체적인 내용을 봤을 땐 청춘이던 두 사람은 헤어지고 만나면서 그때의 추억을 되새기고 그리워한다고 볼 수 있다.

가사에서 계속 영원할 줄 알았다는 내용과 너의 손을 잡은 듯하다는 내용을 반복해서 강조하고 있는데 이미 헤어진 연인이 그 연인을 그리워하는 듯한 모습으로 볼 수 있다. 왜냐하면 영원할 줄 알았다는 말이 과거를 뜻하기도 하며 아직도 잡은 듯하다는 부분이 실제로 잡고 있진 않지만 마음으로는 잡고 있다는 표현으로 한 사람이 상대를 그리워하는 모습, 상대에게 미련이 남아있는 모습으로 볼 수 있다. 그리고 그날의 바다가 다정했다는 가사에서는 그 연인과 보낸, 이미 지나버린 그날을 회상한다고 할 수 있다.

김윤아(자우림 록밴드의 보컬)가 말하기를 자신의 25살이나 21살 시절에 딱히 특별한 일이 있어서 만든 곡이 아니라고 하였다. 어느 날 아이를 유치원에 데려다주고 벚꽃이 바람에 흩날리는 모습을 보고 바로 이 가사를 썼다고 한다. 헤어진 연인을 그리워하는 내용으로 쓴 게 아니라 지나버린 청춘의 날들에 대한 그리움을 썼다고 생각한다. 청춘은 이미 지나갔지만 그리워하고 다시 기억이 나고 추억에 잠기기 때문이다. 가사에도 벚꽃이 흩날리는 것 같은 내용을 담은 가사가 나오는데 그 가사를 보면 김윤아도 아마 벚꽃이 바람에 흩날릴 때 자신의 청춘이었을 시절을 떠올리며 이 가사를 썼을 거라 생각한다.

가사를 처음 읽었을 땐 그저 연인과 헤어져 그때를 회상하고 미련이 남은 듯한 내용이 담겼다고만 생각하였는데 여러 번 읽으며 생각했을 때 가장 추억이 많았던 때가 떠오른다. 나도 가장 기억에 남고 다시 돌아가고 싶을 때가 생각난다. 지금은 그때로 돌아갈 수 없지만 그날들을 생각하면 추억이 많았고 행복했던 기억이 많았기 때문이다. 그래서 이 가사도 연인이 아닌 청춘의 날들이 가득했던 그 시절을 그리워한 것이라고 생각한다.

「스물다섯, 스물하나」를 읽고 그리웠던 그 때가 다시 기억나면서 영원하진 않지만 행복했던 추억을 기억해서 좋았다. 이 가사를 읽으며 내가 들었던 생각은 영원한 것은 없지만 영원하지 않더라도 행복했던 추억이 하나쯤은 다들 있으니 바쁜 일상 중에서 가끔은 마음을 놓고 행복했던 기억을 떠올려보며 추억에 잠겨보는 것도 좋겠다는 생각이 들었다. 청춘의 날들은 아무리 잊으려 해도 잊을 수 없는 날들이기 때문이다.

심연우

내가 태어난 2007년에는 원더걸스, 카라, 소녀시대가 전부 데뷔한 해이며 무한도전이 큰 화제를 불러왔고, 태안 앞바다 기름 유출 사고 등 화제가 많았다. 또 2007년은 출생아 수가 전년보다 4만 5천명이 증가해 황금돼지띠라고 불린다. 그 해에 아이브의 이서와 정동원 등 유명인이 태어났는데 나는 아직도 그들과 동갑이라는 게 믿기지 않는다. 그리고 내가 태어난 7월 21일에 해리포터와 죽음의 성물이 영국 전역에 출간 되었다고 한다.

삐삐 · 아이유

2018년 아이유 데뷔 10주년에 맞춰 나온 디지털 싱글에 수록된 곡. 팬들에게 고마운 마음을 표현하기 위해 노래를 만들기 시작했지만 거리 두기의 미덕에 대한 내용으로 가사가 완성되었다.

삐삐

강부우

예전부터 아이유의 노래를 많이 듣고, 「삐삐」라는 노래도 많이 들었지만 이 노래가 어떻게 해석이 되는지, 어떤 교훈을 주는지를 알고 싶어서 이 노래를 선택하였다.

아이유의 「삐삐」는 제목부터 세 가지의 의미를 지니고 있다. 첫 번째는 호루라기를 부는 소리, 가사 중간에 직접적으로 나오는 의성어이다. 경찰이나 심판이 주변의 이목을 끌거나 다른 사람에게 주의를 줄 때 호루리가리를 분다. 이는 아이유가 악플러들에게 호루라기를 불며 경고를 한다는 것을 알 수 있다.

두 번째는 1990년대 인기 있었던 휴대용 통신 기기 삐삐. 발신은 안 되고 수신만 가능한 단방향 통신기기인데, 뮤직비디오 맨 처음에 삐삐 소리가 나오는데 이는 자신에게 쏟아지는 온갖 말들을 삐삐처럼 그저 받을 수밖에 없다는 점이 삐삐와 아이유가 비슷하다고 생각한다.

세 번째는 「말괄량이 삐삐」이다. 동화 속 말괄량이 삐삐처럼 어리고, 독특하고, 자유롭고, 독립적이므로 '말썽꾸러기'로 보이기도 하는데 이 캐릭터가 바로 아이유를 상징한다. 앨범 소개 글에서도 「말괄량이 삐삐」 속 문장을 인용하였다.

「삐삐」의 가사는 상당히 날카롭다. 작사가인 아이유가 겪은 일을 보면 그럴 수밖에 없다고 생각이 든다. 아이유는 여자 연예인 중에서도 악성 댓글을 많이 받는 편이다. 대표적으로 남자 연예인과의 같이 찍은 사진이 의도치 않게 공개되었을 때고 그랬고, 결혼설, 임신설, 심지어 공개 연애와 결별 기사에서도 아이유에 대한 원색적인 악플이 많이 달렸다. 이 사건들만으로도 아이유는 자신의 노래 「안경」의 가사처럼 '충분히 피곤'했을 것이다. 그렇기에 「삐삐」의 가사는 이와 같은 사건들을 거치며 아이유 본인이 인간관계에 있어 무례하게 선을 넘는 사람들에게 던지는 유쾌하고 간결한 경고의 메시지를 담고 있다고 볼 수 있다.

내가 가사에서 찾은 경고는 '나를 향해 다가오는 사람들에게 어느 정도 거리감을 유지하라' '어떤 모습이든 그게 나이니 당신들의 평가 기준을 두고 오지랖 부리지 말아 달라' '그렇게 남의 일에 간섭하는 것도 교양 있는 것은 아니니 멈춰 달라'는 경고인데, 전부 자신에게 무례하게 대했었던 사람들, 자신에 대한 이슈를 만들어 내는 사람들에게 주는 경고인 것이다.「삐삐」의 후렴구이자 핵심 내용은 이런저런 온갖 비난과 참견에 결국 '옐로카드'를 꺼내 들어 경고한다는 것이다. 그리고 선을 넘지 말고 남의 사생활 침범하지 말고 예의 좀 지키라는 것이다.

「삐삐」의 가사는 악플러들에게 보내는 마지막 경고이면서 동시에 악플러들에게 지쳐 힘든 시기를 보냈던 아이유가 이제 악플 따위에 휘둘리지 않고 자신만의 길을 걷겠다는 아이유의 신념을 보여준다고 생각한다. 이 가사를 효용론적 관점으로 보면 타인의 지나친 관심 또는 참견이 지긋지긋한 모든 현대인이 공감할 만한 가사라고 생각한다.

아이유는 유명해진 후 뭘 해도 멈추지 않고 계속되는 비난과 마녀사냥에 지쳐버렸을 만하다. 가까운 주변 사람들도 걱정 또는 참견을 많이 하고, 그래서 아이유가 이런 곡을 쓴 것 같다. 「삐삐」의 가사처럼 우리는 살다 보면 남에게 심한 지적질을 받을 수도 있다. 하지만 그럴 때 마냥 무시하고 눈 감고 귀 막는 것보다는 적당하게 거리를 두고 선 넘는 사람들이 있으면 선은 지키라고 경고하는 것도 좋을 것 같다.

강부우

7월에 내리는 빗소리를 들으며 문학작품을 감상하는 것을 좋아한다.
우울하고 속상할 때는 남들의 위로보다 나 혼자만의 시간을 가지는 것을 더 좋아한다.
추운 겨울 귀가할 때 붕어빵을 사먹는 것을 좋아한다.
겨울에 때론 따뜻한 물보다 시원한 물로 샤워하는 것을 좋아한다.
드라마보다는 영화를 좋아한다.
평범한 것보다는 특별한 것을 좋아한다.
낮은 가능성을 믿는 것을 좋아한다.
스트레스를 풀기 위해 노래하는 것을 좋아한다.

선 넘지 말라는 경고의 메시지

권하경

이 노래는 연예인에 대한 이슈가 많은 요즘 시대에 아이유가 연예인을 보는 사람들에게 실제로 자신이 들었던 말을 바탕으로 무례하게 선을 넘지 말라는 경고의 메시지를 담은 곡이다. 요즘 각자 개성 있게 살아가는 시대이기 때문에 다른 사람에 대해 멋대로 생각하지 말라는 내용도 담겨 있는 곡이다.

이 노래의 가사 내용을 살펴보면 우선 연예인은 사람들에게 탐색 대상으로 사소한 것, 예를 들면 입은 옷, 표정, 개인 생활 같은 것으로 트집을 잡고 수군거려도 이제는 놀랍지 않다는 작사가의 생각을 살펴볼 수 있다. 자신을 두고 트집을 잡고 수군거리는 사람들에게 경고하면서 선을 넘지 말라고 선언하고 있다. 만약 경고를 무시하고 일정 선을 넘어 다 연예인의 잘못으로 표현하는 사람들에게 더 이상 참지 않고 무언가 조치를 하겠다고 말하고 있다.

이 노래는 아이유가 자신이 사람들에게 상처받았던 경험과 다른 연예인들의 상황을 바탕으로 썼다고 했다. 아이유가 2015년에 『나의 라임 오렌지 나무』를 재해석해 만든 노래 「제제」를 발표했다. 원작은 주인공 제제를 가족의 학대로 상처받은 아이로 그렸지만, 아이유는 "제제는 순수하면서 어떤 부분은 잔인한, 그렇기 때문에 매력적이고 섹시한 캐릭터"로 표현했다고 한 인터뷰에서 밝혔다. 이 인터뷰 이후 「제제」는 사람들에게 크게 논란이 되었다. 이런 논란이 있고 나서 시간이 지난 후 아이유가 「삐삐」를 만들었기 때문에 이때에 받았던 상처를 노래에 표현한 것 같다.

이 노래를 보니까 나도 나를 잘 모르는 사람들이 나에 대해서 말할 때 나의 기분을 생각하지 않고 자기들끼리 수군거린다면 기분이 안 좋을 것 같다. 나도 친구가 나의 기분을 생각하지 않고 선을 넘어서 말해서 나의 기분을 상하게 한 경험이 있다. 그래서 친구와 멀어질 뻔했는데 연예인도 같은 것 같다. 그러니까 이 노래처럼 정확한 내용인지 아닌지도 모르고 함부로 말을 해서는 안 되는 것 같다.

권하경

나는 길게 영화를 보는 것보다 짧은 영상을 보는 것을 더 좋아한다.
나는 너무 더운 여름보다, 너무 추운 겨울보다 적당하게 쌀쌀한 가을을 더 좋아한다.
나는 발라드를 듣는 것보다 k-pop을 듣는 것을 더 좋아한다.
나는 다 같이 멀리 놀러가는 것보다 만나서 그냥 수다 떠는 것을 더 좋아한다.
나는 웃긴 걸 보면서 웃는 것보다 슬픈 걸 보면서 우는 걸 더 좋아한다.

왜 아이유는 10주년에 'Yellow card'를 꺼냈을까?

최현민

아이유, 본명 이지은으로 2008년 미니앨범 『Lost and Found』로 데뷔하게 되었다. 이후 「좋은 날」과 「밤편지」 등으로 '국민 여동생' 타이틀까지 거머쥔 아이유가 2018년 10월 10일 "모두들 안녕. 내 걱정은 마세요. 난 언제나 잘해 나갈 테니까"라는 메시지와 함께 디지털 싱글 「삐삐」를 발매하였다. 이 노래에서 왜 아이유는 자신의 10주년에 경고를 뜻하는 'Yellow card'를 가사에 넣었을까?

이 노래에서 아이유는 첫 소절에 'there'라는 표현을 사용하여 거리감이 있는 상태에서 듣는 사람, 즉 대중과 인사한다. 이후 지금이 좋으니 관계의 균형을 유지하자고 말한다. 그리고 자신을 스캔하고 탐색하는 사람들에게 오늘은 몇 점이냐고 되묻기도 한다. 또, 사소한 것에도 의미 부여를 하고 마음대로 해석하는 대중들에게 아이유는 가사에 옐로 카드를 들며 선 넘지 말라는 내용의 가사를 세 번이나 집어넣으면서 대중들에게 서로 매너를 지키면서 선 넘지 말라는 메시지를 강조하고 있다.

이 노래가 발매된 2018년은 이선균과 아이유 주연의 2018년 드라마『나의 아저씨』가 방영 전부터 어린 여성과 중년 남성의 사랑을 그린 드라마이며, 부적절한 성 관념을 심어줄 수 있는 작품이라는 음모론을 선동하는 사람들이 있었다. 방영 초기에는 이들의 선동에 휩쓸린 사람들이 적지 않았고, 몇몇 사람들은 전부터 「제제」부터 불거진 '로리타 논란'과 연결해서 "아이유가 여성 인권을 후퇴시켰다."는 주장을 펼친다. 그래서 아이유는 유언비어를 퍼뜨린 사람들에게 나만 나쁜 사람 만들지 말고 허위 사실 좀 그만 믿으라는 메시지를 이 노래 가사로 전달하려는 것처럼 보인다.

한편, 아이유는 KBS 2TV '대화의 희열'에서 "가사를 쓰다 보면 처음에 쓰려고 했던 바와 다르게 끝나는 일이 있다"며 "처음에는 10주년이고 해서 팬들에게 고마움을 전하는 글을 적으려고 했는데(그렇게 되지 않았다)"라고 말하였다. "처음에는 팬들과 '건강한 관계'에 대해 쓰려고 했다"라고 설명했다. 그리고 아이유는 "저의 개인적 경험을 바탕으로 쓴 것은 사실이다"라며 "하지만 '악플러'로 타깃을 정해놓고 쓴 가사는 아니다"라고 답하였고 이어 "일상생활에서 걱정이라고 하는 건데 선을 넘는 것들에 대해 선을 긋고 정의하고 싶었다"라고 노래 가사의 의미를 설명했다. 즉, 이 노래를 통해 적절한 거리를 두는 것의 미덕을 모르는 이들에게 경고의 메시지를 던졌다는 것을 알 수 있다. 또, 당신의 비밀이 뭔지 전혀 상관하지 않는다는 내용의 가사를 통해 아이유가 처음에 팬들을 위해 생각했던 문장인 '우리는 서로를 아직도 잘 모르고 서로 여전히 빚진 게 없는 그래서 좋은 관계야'라는 의도를 잘 보여주고 있다.

따라서 아이유는 선을 넘는 것들에 대해 선을 긋고 정의하기 위해 "Yellow card"를 꺼낸 것을 알 수 있다. 이런 가사 덕분에 노래를 들으며 일상에서 내가 선을 넘었던 일들을 다시 떠올리며 반성하는 기회를 얻게 되었던 것 같다. 그런 의미에서 자기의 행동을 되돌아보거나 과거의 잘못을 다시 반복하는 것을 원하지 않는 사람들에게 이 노래를 추천한다.

최현민

내가 태어난 해인 2007년에는 태안 앞바다 기름유출 사고, 탈레반의 납치극, 애플 아이폰 출시 같은 굵직한 사건이 있었고 문화면에서는 원더걸스, 카라, 소녀시대가 한꺼번에 데뷔한 해이기도 하다. 한편 게임계에서는 닌텐도 DS를 출시하였고, 소니 컴퓨터 엔터테인먼트 코리아에서도 플레이스테이션 3을 출시하였다. 그해에는 거침없이 하이킥, 커피프린스 1호점, 대조영이 히트를 치고 있었다. 또, 가요에서는 소녀시대, 다시 만난 세계, Tell Me, 비밀번호 486 등 이름만 들어도 알만한 노래들이 히트하였다. 아무래도 가요계의 과도기에 태어나 k-pop 아이돌을 많이 좋아하는 성격을 가지게 된 것 같다.

벼 · 이성부

1974년 발간된 『우리들의 양식』에 수록된 시. 벼의 다양한 모습을 통해 민중이 지닌 강인한 생명력과 그들의 유대감에 대해 예찬하는 내용을 다루고 있다.

서로 묶여 살아라

반하윤

최근 국어 시간에 이성부의 「봄」이라는 시를 통해 공부하고 나서 이성부의 「벼」라는 시로 비평문을 직접 작성해야 하는 시간이 왔다. 이성부가 적은 시를 읽으면서 이 시인은 우리나라와 관련된 내용을 대체로 적는다는 것을 깨달았다. 이성부의 시는 대중적으로 타인의 삶을 억압하고 고통스럽게 만드는 역사적 현실에 대한 시인의 깊은 관심이 나타나 있다. 또한 현실에 굴복하지 않으려는 민중들의 모습에 대한 애정을 담아낸다. 내가 가장 이해하기 쉽고 우리에게 가장 유익한 작품이지 않을까 싶어서 이성부의 「벼」를 골랐다.

「벼」는 모여서 함께 고난과 역경을 버티는 벼라는 곡식을 민중에 비유하여 서로 모여서 더욱 강해지는 사람들의 모습을 표현하며 시를 구성하고 있다.

이 시는 1970년대에 쓰인 시이고 희생적인 역할을 맡았던 백성들에 대한 시이다. 민중의 유대와 강인한 생명력을 보여주는 시이다. 서로 모여서 힘든 일을 헤쳐 나가고 희생하며 원하는 바를 이루는 민중들의 모습을 보여준다. 전체적으로 힘든 시기를 보냈던 20세기에 전체적인 모습을 보여주지 않았나 싶다. 또한 민중들에게 가해지는 억압과 고통을 표현하여 그들의 고통을 호소하였다.

시에서 벼는 기대고 어우러져 산다는 내용이 나오는데, 벼는 항상 무리를 지어 자라듯이 인간도 서로 모여 돕고 살아야 한다는 것을 깨달을 수 있다. 햇살이 따가울수록 벼는 익고 더 기대어 산다는 내용에서는 벼가 익어 숙이면 서로 엉켜 더욱 강해진다는 것인데 이처럼 우리도 잘될수록 서로 챙겨주어야 한다는 것을 보여준다. 벼의 넓디 넓은 사랑을 보여주는 구절에서는 벼가 곡식을 남기듯이 백성들이 희생되면서 남기는 흔적과 사명감을 나타낸다. 그리고 마지막 부분은 벼가 곡식이 될 때까지의 과정, 노력을 나타낸 구절이라 할 수 있다. 결국 곡식이 되어 힘이 되어주듯이 백성들의 희생 덕에 결국 행복과 평화를 찾은 것이다.

이러한 작품을 보면서 독자들은 희생정신, 협력적인 자세와 우리나라 역사의 아픔을 배울 것 같다. 이 시대에서 자주 볼 수 없는 모습들을 「벼」라는 시에서 나타내었다. 함께 동고동락하며 아픔을 공유하고 억압과 고통을 이겨내는 우리의 옛 조상들을 보며 우리도 또한 그 모습을 본받아야겠다고 생각하였다.

벼의 협력적인 자세와 희생적인 정신을 민중에 비유하며 적은 이성부의 「벼」는 우리 세대 즉, 현대인들에게 조금 더 많이 알려져야 하는 시가 아닌가 싶다. 서로 모여 돕고 희생하며 문제를 해결하는 모습을 현대사회에서 정말 보기 힘든 상황이라고 생각한다. 이 시에 포함되어있는 내용은 항상 언제든지 마음속에 새겨야 하는 내용이며 어떠한 시대에 적용하여도 알맞은 교훈을 줄 수 있는 시라고 생각한다. 벼라는 곡식처럼 우리도 서로 협력하면서 생활할 수 있기를 기대한다.

반하윤

7월의 뜨거운 태양보다 쌀쌀한 겨울 눈을 보며 코코아 마시는 것을 좋아한다.
조용한 발라드나 팝보다는 신나는 힙합과 재즈를 좋아한다.
기분을 숨기는 것보다 표출하는 것, 앓는 것보다는 치료하는 것을 좋아한다.
밝은 태양보다 밤에 은은하게 빛을 내어주는 별을 좋아한다.
하루 종일 깊은 우정을 가진 이들과 함께하는 것보다 침대에서 하루 종일 혼자만의 시간을 가지는 것을 좋아한다.
깊은 사랑과 우정, 아픔과 고통을 전하는 소설보다는 이야기 중심의 풍부한 내용의 판타지 소설을 읽는 것을 좋아한다.
무슨 일이 발생하는 특별한 일상보다는 편안하고 한결같은 일상을 좋아한다.
서로에게 색을 내주고 협동하여 다른 색을 내는 색보다는 자기만의 원색을 내주는 강한 색깔을 좋아한다.

4월의 춤 · 루시드폴

2015년 발매된 루시드폴 7집 『누군가를 위한,』 수록곡. 제주 4.3 사건 희생자들을 위로하는 가사의 노래.

4월의 춤

이현준

내가 선택한 곡은 루시드폴의 「4월의 춤」이라는 곡이다. 내가 이 곡을 선택한 이유는 처음 봤을 때부터 이 곡을 쓴 이유가 궁금했기 때문이다. 그리고 이 곡을 보고 쓸쓸하고 슬픈 기분을 느껴서 내가 이 곡을 비평하기에 적절한 것 같다고 생각했기 때문에 이 곡을 선택했다.

이 곡은 제주 4.3 사건에서 죽어간 사람들을 추모하기 위해 쓰인 곡이다. 그래서 이 곡에서는 죽어간 사람들을 여러 방법으로 비유한다. 예를 들어 유채꽃으로 피어 춤을 춘다든가, 엄마에게 안겨 먼 길을 떠나간다는 내용 등이 있다. 그리고 유채꽃으로 피어 춤을 춘다든가 용서받지 못할 영혼은 없다는 내용 등을 살펴보면 가사 내용이 죽은 사람을 추모하고 있다는 것을 알 수 있다. 또, 루시드 폴의 평소 성향은 자신을 예상치 못하는 일을 자주 벌이는 럭비공 같다고 말하지만 작품을 만들 때의 성향은 대부분 잔잔하고 소망이 깃든 노래를 만든다고 하였다. 「4월의 춤」 또한 추모하는 곡이므로 루시드 폴의 성향과 맞아떨어진다는 생각을 할 수 있다.

이 곡이 쓰인 배경은 제주 4.3 사건이라 불리는 1947년 3월 1일을 기점으로 1948년 4월 3일 발생한 소요 사태 및 1954년 9월 21일까지 제주도에서 발생한 무력 충돌과 그 진압과정에서 주민들이 희생당한 사건으로, 4.3 사건의 희생자 수만 1만 4천 명에 달한다고 할 정도로 끔찍한 사건이다.

이 곡을 처음 읽었을 때는 그저 그리워하는 누군가 혹은 먼 길을 떠난 어떤 아이를 추모하는 곡이라 해석할 수 있겠지만 시대적 배경을 알고 다시 해석해보면 그저 단 한 사람이 아닌 여러 사람을 추모하는 곡임을 알 수 있고 제주도를 배경으로 제주도 사람들을 추모한 곡임을 알 수 있다.

나도 이 곡의 시대적 배경을 알기 전까지는 이 노래 가사를 보고 어떤 한 아이가 죽어 추모하는 노래 가사라고 생각했다. 내가 생각했을 때 이 가사를 읽은 독자는 대부분 나와 비슷하게 누군가를 추모하는 글일 거라 생각할 것이다. 용서받지 못할 영혼은 없다는 가사 내용에서 독자들은 우리 곁에 있는 사람들, 혹은 내가 조금이라도 잘 챙겨주지 못한 사람들에게 조금이라도 잘해보고자 하는 마음이 생기진 않았을까 하는 생각이 든다. 독자들은 이 곡을 보고 '곁에 있을 때 잘 하자'라는 말이 더욱 와닿았을 것 같고 이러한 점에서 교훈을 얻었을 것 같다.

마지막으로 나는 내가 이 곡을 처음 봤을 때와 지금 봤을 때를 비교해 보고 싶다. 이 곡을 처음 봤을 땐 그저 추모하는 곡으로만 알았지만, 이 곡에서도 교훈을 얻을 점이 있고 시대적 상황을 알고 보니 더욱 또렷하게 이 곡이 쓰인 이유를 알 수 있었다. 나는 이 곡을 보고 쓸쓸하고 잔잔한 기분을 느꼈고 내가 앞으로 내 주변 사람들을 위해 뭘 더 할 수 있을까 하는 생각도 해보았다.

이현준

2007년에 태어난 나는 가을과 겨울 사이 겨울이 왔음을 알리는 차가운 바람과 떨어져 있는 낙엽들을 좋아한다. 그리고 말 안 듣는 동생을 싫어하고 친구들과 수다 떠는 것을 좋아한다. 여름에 반팔 입는 것보다 겨울에 패딩 입는 것을 더 좋아한다.

그들은 어떻게 아픔을 잊는가

권호승

사람들은 어떻게 아픔을 잊을까. 누군가는 불같이 화를 내기도 하고, 슬픔에 눈물로 밤을 지새우기도 할 것이다. 그런데 이런 방법들은 옳은 해결법일까? 오늘 해석해 볼 루시드 폴의 「4월의 춤」에서는 한 사건으로 인해 상처를 입은 사람들의 모습이 드러나 있고, 나아가 어떻게 아픔을 잊어야 하는지 전달해주고 있다. 지금부터 「4월의 춤」을 통해 어떻게 아픔을 잊어야 하는지 알아보자.

이 노래는 그 당시 섬의 참혹한 상황을 표현하고 있다. 4월 봄의 제주도, 사람들은 이유도 모른 채 죽어 나갔고, '바다가 섬의 눈물을 모았다'라는 구절을 보면 섬에서 발생한 희생자들의 눈물이 바다를 채웠다는 표현을 통해 희생자의 수가 셀 수도 없이 많았다는 것을 느낄 수 있다. 또한 '엄마의 가슴에 안겨 멀고 먼 길을 떠나가는 아이'가 "우릴 미워했던 사람들"이라고 말한 것을 보아 사람들을 희생시킨 세력은 낯선 사람들이고, 그들이 남녀노소 불문하고 사람들을 무차별적으로 죽였다는 사실도 알 수 있다. 도대체 섬에서는 어떤 일이 일어났던 것일까.

「4월의 춤」에는 1947년 당시 제주도의 상황이 그대로 녹아있다. 남조선로동당과 미군정은 정치적 목적을 이유로 죄 없는 민간인들을 학살했으며, 희생자의 수만 최대 25,000~30,000명에 달한다. 이 사실을 통해 아이가 말하던 "우릴 미워하던 사람들"은 남조선로동당과 미군정이고, 그들이 수많은 사람을 학살해 희생자들의 눈물이 바다로 흘러 들어갔다는 추측을 할 수 있다. 설상가상으로 1947년 당시 제주도는 대한민국 본토로부터 고립되어 있었으므로 그들은 자신들의 아픔을 외부에 알릴 수도 없었을 것이다. 이러한 상황에서 노래 속의 아이가 노래하는 '우릴 미워했던 사람들도 누군가의 꽃이었을 거야. 미워하지 말아요. 사랑받지 못할 영혼이란 없는 거라고'라는 가사에는 많은 의미가 담겨있다.

첫 번째로, 긍정적인 마음가짐을 가져야 한다는 것이다. 이 노래를 들은 독자들은 한 번씩 자신의 아픔을 떠올려봤을 것이다. 누군가와 싸웠던 기억, 연인과 헤어진 기억, 쓰라린 실패를 맛본 기억. 여러분들은 그 기억 속에서 어떤 마음가짐을 가지고 있는가? 대부분은 부정적인 감정을 가지고 있었을 것이다. 그러나 부정적인 감정은 부정적인 결과를 낳을 뿐이다. 이 노래에서 말하는 것처럼 아픔이 생겼을 때는 가장 먼저 긍정적인 마음가짐을 가져야 한다. 내가 수행평가를 망쳤던 날, 하마터면 부정적인 감정으로 하루를 망칠 뻔했던 날 이 노래의 사랑받지 못할 영혼은 없다는 가사가 떠올랐고, 긍정적인 마음을 가지게 되어 남은 하루를 망치지 않고 보낼 수 있게 되었다. 이처럼 긍정적인 생각은 아픔을 잊기 위해서는 필수로 가져야 하는 마음이다.

상대방을 향한 이해심 또한 중요하다. 이 노래의 가사를 본 대부분의 사람은 이런 의문을 가졌을 것이다. 나에게 상처를 준 사람을 원망하지는 못할망정 왜 미화하는가? 우릴 미워했던 사람들이 나쁘지 않다는 것은 아니다. 그러나 작사가가 말하고 싶은 것은 나를 위해 상대방을 이해하라는 것이다. 상대방을 이해함으로써 내가 받은 아픔 또한 이해할 수 있으며, 나아가 아픔을 잊을 수 있는 것이다.

이 노래를 듣기 전까지 사람들은 부정적인 감정, 상대방을 향한 분노로 아픔과 맞서 싸우려고 했을 것이다. 그러나 「4월의 춤」은 긍정적인 감정, 상대방을 이해하는 마음만이 아픔을 잊게 해주는 열쇠라고 말하고 있다. 그러므로 이 노래를 읽은 여러분들도 나중에 상처를 입었을 때 긍정적 마음가짐을 통해 아픔을 잊고 행복한 감정을 유지했으면 한다.

권호승

혼자서 자유를 느끼는 것을 좋아한다.
SF보다 역사 영화를 더 좋아한다.
완벽함보다 인간적인 모습을 좋아한다.
1%의 가능성을 가지고 노력하는 것을 좋아한다.
예측 불가능한 삶을 더 좋아한다.

어느 아이의 일기 · 김상미

2017년 발간한 『우린 아무 관계도 아니에요』에 수록된 시. 맞벌이 가정에서 부모님을 기다리며 가족과 함께 오순도순 행복하게 살고 싶다는 어린 시적 화자의 바람이 잘 드러난 작품이다.

「어느 아이의 일기」에 대한 나의 생각

윤다현

나는 「어느 아이의 일기」라는 시를 읽게 되었다. 이 시를 읽게 된 이유는 국어 시간에 비평문을 쓰는 시간을 갖게 되면서 시를 찾아보다가 이 시를 발견했기 때문이다. 내가 이 시를 선정한 이유는 읽고 제일 공감이 되는 시였기 때문이다.

이 시는 한 아이가 바라는 점을 적어 놓은 것 같다. 순수한 아이의 기준에서 착한 사람이 되는 것 대신에 엄마, 아빠와 함께 즐겁게 사는 것을 원하고 있다. 보면 회사 일로 바쁜 부모님을 매일매일 기다리는 순수한 어린아이의 반복되는 일상을 나타내고 있다. 처음에는 부모님께서 배달 음식을 시켜주고 그러는 게 좋았지만 나중에는 엄마가 해주는 음식을 그리워하고 있다. 그리고 생일에는 엄마가 만들어준 미역국을 먹을 수 있을지 걱정하고 있다. 대부분의 사람이 누릴 수 있는 것을 못 누리고 그리워하는 모습을 보여주고 있다. 예쁜 케이크 대신 엄마의 미역국을 그리워하고 엄마와 아빠와 함께 식탁에 앉아 오순도순 밥 먹는 것이 소원이라고 하고 하나님께 훌륭한 사람, 착한 사람이 되는 대신에 엄마, 아빠와 함께 사는 사람이 되게 해달라고 부탁하며 이 시는 끝이 난다.

이 시는 맞벌이 부부와 함께 사는 아이를 나타내면서 이런 일이 많아지고 있는 현대사회를 나타내고 있다. 요즘에는 부모님 두 분이 다 일하러 가시는 경우가 늘어나면서 위 시의 아이가 느끼는 감정을 많은 아이도 느끼고 있을 것이다. 함께 밥을 먹고 오순도순 얘기하며 행복하게 사는 평범한 일상을 그리워하고 있는 현대사회는 바뀌어야 한다고 생각한다.

내가 어렸을 때도 부모님 두 분 모두 일을 하셔서 언니와 함께 부모님을 기다리는 일이 많았다. 가끔씩 엄마가 해두고 간 다 식은 집밥을 먹고는 했었다. 부모님의 온기를 그리워한 적이 있으니까 이 시를 읽고 너무나도 공감이 되었다. 이 시의 아이가 착하고 좋은 사람이 되는 대신에 부모님과 밥을 같이 먹고 다 같이 얘기하고 행복하게 사는 것을 그리워하는 게 너무 공감이 되고 그 감정을 느껴봐서 그 아이가 안타깝다고 생각하였다. 그때는 부모님의 온기를 그리워하면서 느꼈던 감정을 생각하면서 부모님께 더 잘해야겠다고 생각했다.

봄날

SUGA | RM | 방시혁 외

2017년 발매된 『YOU NEVER WALK ALONE』 타이틀 곡으로 BTS의 대표곡 중 하나라고 할 수 있다. 작사가들의 자전적 경험이 들어가 있고, 뮤직비디오와 함께 다양한 가사의 의미 해석이 가능한 노래다.

봄날과 친구

구혜원

2017년 2월 13일에 발매된 방탄소년단 봄날은 정규 2집 리패키지 『YOU NEVER WALK ALONE』 앨범의 타이틀 곡이자 방탄소년단의 노래 중에서 대중적으로 가장 성공했던, 지금의 방탄소년단을 있게 한 곡이다. 피독과 방시혁, 방탄소년단 멤버인 RM과 SUGA 등이 작사, 작곡하였고 2017년 제9회 멜론 뮤직 어워드 베스트 송 상을 받은 노래이기도 하다.

이 노래에서 봄은 긍정적인 의미이다. 가사에서 봄과는 반대의 계절이라 볼 수 있는 겨울은 봄과 달리 부정적인 의미이다. 현재 화자는 힘들고 부정적인 겨울에 놓인 상황이다. 노래 처음부터 보고 싶다는 말이 반복되는 걸 봐서는 기다리는 물건이나, 사람, 동물에게 하는 노래라고 추측할 수 있다. 그리고 얼굴조차 보기 힘들어졌다는 내용이나 가사 중간에 나오는 Friend라는 단어를 통해 그리워하는 존재가 바로 친구라는 것을 알 수 있다. 즉, 친구를 만나지 못하는 현재를 '추운 겨울'로 표현하고 있고 언젠가 만날 그때를 '봄날'로 지칭하고 있다. 그리고 가사에서 보고 싶은 친구에게 작은 먼지나 눈이 되어서 친구에게 빨리 가고 싶다는 심정도 나타내고 있다. 그리고 노래 끝에 결국 겨울이 끝나고 봄이 오면서 친구를 만났다는 것을 추측할 수 있다.

이 노래는 방탄소년단 멤버인 RM과 SUGA의 자전적 이야기를 바탕으로 나온 곡이다. 작사, 작곡에 참여했던 RM과 SUGA는 평소 친구에 대한 그리움이 많았던 멤버였다. 방송에서 RM은 어릴 적 일상을 채워주던 소중한 친구들을 뒤로하고 서울로 올라가 연습생 생활을 하고 꿈을 좇으며 희미해지고 멀어진 기억을 다시 꺼내어 쓰게 된 노래라고 말했다. 그리고 데뷔 후 오랜만에 만난 중학교, 고등학교 친구들을 떠올리며 가사와 멜로디를 즉흥적으로 만들었다고 한다. SUGA 또한 데뷔 전엔 평범하게 친구들과 학교에 다니다가 연습생 생활을 하게 되었고 데뷔 후엔 학교도 자주 못 가서 학교 친구들을 만날 기회가 없었기 때문에 그리움이 많았다. 실제로 SUGA는 학창 시절 절친이었던 친구를 잃은 슬픔을 자신의 자작곡인 「dear my friend」, 「first love」 등 친구의 그리움에 관련된 노래를 많이 만들었다.

방탄소년단 「봄날」이라는 노래를 듣고 사람들은 자기 경험, 가치관, 관심사 등에 따라 스스로 누군가를 가사의 내용에 채워 넣을 것이다. 꼭 헤어진 친구가 아니더라도 어떤 사람은 내 곁을 떠난 사랑하는 연인을 채워 넣을 수도 있고 가족 또는 나의 사랑하는 반려동물 등을 채워 넣을 수 있다. 나는 봄날을 듣고 가장 먼저 유치원 때 헤어진 친구들이 생각났다. 오래전에 헤어져서 전화번호, 사는 곳 등을 알 수 없어서 만날 수 없는 심정을 「봄날」을 듣고 공감과 위로가 되었고 「봄날」이라는 노래는 지금 내 주위에 있는 친구들에 대한 소중함을 다시 한번 깨닫게 해주는 노래인 것 같다. 그래서 많은 사람이 「봄날」이라는 노래를 듣고 지금 자신의 주변에 있는 친구의 소중함에 대해 다시 한번 생각해 보는 기회가 되었으면 좋겠다.

구혜원

내가 태어난 해인 2007년에는 제2차 남북정상회담, 태안 앞바다 기름 유출 사건과 같은 굵직한 사건들이 있었고 그해에 마침 LG전자 터치 스크린 프라다폰 출시, 로보트 태권V 디지털판 전국 개봉, 인천 도시철도 1호선 계양역 개통 같은 일이 눈길을 끌었다. 그해에 마침 아이브 이서, 트로트 가수 정동원, 클라씨 리원, 지민 등의 유명인이 태어났고 특히 탈레반 납치극 같은 일도 있었으니 아무래도 이때의 기운이 모인 결과 나의 성격 중에서 과격하거나 시끄러운 상황을 싫어하는 점이 형성된 듯하다. 뿐만 아니라 원더걸스의 Tell me, 소녀시대 다시 만난 세계 같은 곡이 유행가로 울려 퍼지고 그해에 킹왕짱이라는 유행어가 인기를 끌었다고 하니 뭐든 긍정적으로 하는 나의 성격에 영향을 끼쳤을 만하다.

우리의 겨울 속 봄날

김현서

이 노래는 기존에 방탄소년단이 발표했던 곡과는 다른 스타일로, 대중들에게 따뜻한 위로와 희망의 메시지를 담은 곡이다. 실제 멤버 RM과 SUGA가 자신들의 경험을 바탕으로 가사를 썼다고 전해졌다. 멀어진 친구와의 만남을 기다리며 희망을 잃지 않겠다는 메시지를 가사를 통해 풀어나가며 친구에 대한 그리움을 직설적이고 애절하게 표현한 노래이다.

제목은 「봄날」이지만 가사의 시점은 겨울에 맞춰져 있다. 누군가를 그리워하며 볼 수 없는 현재를 겨울, 언젠간 다시 만날 그 순간을 봄이라 표현함으로써 이 노래의 배경이 겨울이라는 것을 알 수 있다. 그리워하는 화자와 그리움을 당하는 대상은 봄이 찾아와야지만 만날 수 있듯이 봄날이라는 제목을 통해 겨울이라는 실제 시간적 배경을 부정하며 지금은 봄이고, 봄이면 그 대상을 만날 수 있다는 생각을 되풀이하면서 오히려 대상을 만나지 못하는 화자의 안타까운 마음을 더 부각시키고, 그 대상을 그리워하고 보고 싶어 하는 화자의 간절한 마음을 강조하고 있기도 하다.

그리움이 눈처럼 얼마나 내려야 봄이 올지 궁금해 하는 가사는 폭설이라도 내려 겨울을 빨리 끝내고 싶은 화자의 심정을 담고 있다. 시간만이 해결할 수 있는 계절의 변화에 화자의 심정을 개입시켜 부정, 절망을 표현한다. 겨울이 끝나야만 봄이 오고, 봄이 와야 그 대상을 볼 수 있는 사실이 화자를 더 괴롭게 하며 그 부분 또한 가사를 통해 전하고 있다.

당시 RM은 오랜만에 만난 중·고등학교 친구들을 떠올리며 가사를 썼다고 밝혔다. 연습생 생활을 함으로써 더 간절했던 학창시절 속 사소한 감정들과 순간들을 잊지 않고 가사 속에 담아냈다. SUGA 또한 마약에 빠진 친구를 만나기 위해 면회를 갔을 때, 자신에게 마약을 권했던 친구에게 느낀 감정을 가사로 표현하였다.

SUGA는 믿었던 친구의 배신에 느낀 서운함과 속상함, 그런데도 놓을 수 없던 그 친구와의 깊은 우정과 소중한 추억들, 그 친구에 대한 자신의 감정을 가사에 녹여냈다. 단순히 시간만 지난다고 겨울이 봄이 되지 않는다는 것을, 만남이란 내가 봄이 된다고 해서, 나만 봄이 온다고 해서 이루어지지 않는다는 것을 알게 된 화자의 마음 또한 담아내고 있다. 이제 이 겨울을 끝낼 수 없다는 것, 몇 날 며칠을 기다려도 너를 볼 수 없을 것 같다는 내용을 담은 가사를 통해 그 친구와의 우정에서 느낀 마음 또한 대변하고 있다. 막연히 흐르는 시간 속에서 변하는 계절을 탓할 순 없으며 그저 받아들여야만 하는 고통 속에서 겨울이 지나면 봄이 오고 봄이 지나면 여름이 오듯이 그 고통의 시간 속에서도 변화하고 성장하는 자신의 모습 또한 볼 수 있을 것이다.

어둠과 계절이 영원할 수 없다는 내용의 가사를 통해 시간이라는 것은 상대적이고 영원이란 없다는 것을 전하고 있다. 한 계절이 영원하지 않은 것처럼 그 계절에서의 추억, 기억 또한 영원하지 않다는 사실도 담고 있다. 눈처럼 내리는 그리움을 끝낼 봄날이 언제 올지 궁금해 하는 내용의 가사를 통해 너와 함께라면 이 겨울을 끝낼 수 있다는 희망, 너를 볼 수 있는 순간은 아마 '그리움의 눈'이 모두 내리고 녹아 버리는 그때가 될 것인지에 대한 좌절을 나타내고 있다. 이런 희망과 좌절을 통해 누군가를 기다리며 느낀 그리움 속 추억들을 떠올리게 된다. 이 가사는 너의 잘못도 나의 잘못도 아닌 그저 우리가 세월이 흐르며 변했기 때문에 그런 거라고 말해준다. 시간이 흐르며 모든 게 변하듯이 우리도 자연스럽게 계절에 따라, 시간의 흐름에 따라 바뀐 것이다. 마음속 따뜻한 위로가 되어준 이 노래 또한 우리의 봄날로 기억될 것이다. 우리 마음속에도 아름답지만 한없이 추운 겨울이 지나가고 따뜻한 봄이 올 것이라 믿는다.

김현서

추운 겨울 집 밖에 나와 찬 기운을 느끼며 산책하는 것을 더 좋아한다.
예상할 수 없는 내일보단 지금 당장의 오늘을 더 좋아한다.
일어난 일을 후회하는 것보다 일어나지 않은 일을 기대하는 것을 더 좋아한다.
남들보다 앞서나가는 것보다 한 발짝 뒤에서 천천히 가는 것을 더 좋아한다.

단편 소설 서평

기억하는 소설 _ 강영숙 외

밸런스 게임 _ 김동식

내일 말할 진실 _ 정은숙

숨쉬는 소설 _ 최진영 외

국립존엄보장센터 _ 남유하 외

기억하는 소설 · 강영숙 외

재난을 주제로 8편의 단편 소설을 엮은 소설집. 자연 재해부터 사회적 참사까지 다양한 재난과 그 사이에서 우리가 주목해야 할 주제 의식, 인간의 모습을 다양하게 다루고 있다.

세상에서 잊혀진

김도연

얼마 전 읽게 된 단편 소설 「하나의 숨」. 그 줄거리는 이러하다. 하나의 학교에 근무 중인 기간제 교사는 남친 기현과 레스토랑에서 식사를 하던 중 현장실습으로 평택에서 근무 중인 학생 하나의 전화를 받는다. 기간제 교사로 계약 해지를 통보받았던 그녀는 하나의 고민에 피로감을 느낀 채 '참아보라'는 대답을 남기고 통화를 끝낸다. 한 달 후 공장에서 의문의 사고로 응급 수술을 받게 된 하나의 소식을 전해 듣는다. 하나의 어머니와 회사로부터 받은 보상금을 함께 돌려주려고 했으나 담당자를 만나지 못한 채 돌아오며 계약

해지로 인해 하나의 어머니를 남겨두고 학교를 떠난다. 기현과 헤어지고 기간제 교사를 그만둔 나는 출판사에서 일하며 하나가 그 여름 경험했던 고통을 곱씹는다는 내용인데 과연 이 내용에 어떤 비밀이 있을까? 절대론적 관점, 반영론적 관점, 효용론적 관점, 총 세 가지의 관점으로 내용을 정리해보았다.

먼저 절대론적 관점. 이 단편 소설의 내용 안엔 불합리한 상황이 있었다. 바로 미성년자가 공장에 취직을 하고 불합리한 대우를 받으며 일했다는 점이다. 화자도 하나와 같이 학교의 계약직으로서 불합리한 대우를 받고 계약 해지가 되는 입장이고, 기현의 어머니 역시 열여덟 살에 상경해 공장에서 비인간적인 대우를 받으며 일했던 사람이다. 그런데도 기현의 어머니는 하나가 겪은 사건에 대해 전혀 자기 일이 아니라는 시선으로 바라보고 거리를 두며, 이 사건을 이야기하는 다른 선생님들도 적극적인 개입이나 공감 없이 그저 방관하는 모습을 보인다. 그러나 곧 그들은 자신의 이중적인 모습에 대해 자괴감을 느끼게 된다. 마치 이 상황은 우리에게 인간의 어둡고 추악한 면을 보여주고, 이를 억누르지 못하는 개인의 모습을 보여주고 있다.

두 번째로 반영론적 관점으로 볼 땐 어떻게 해석이 되는지 알아볼 것이다. 반영론적 관점으로 봤을 때 이 소설은 비교적 최근의 사회를 바탕으로 창작된 소설로 보인다. 그래서 이 소설을 반영론적 관점으로 해석하게 된다면, 지금 시대에는 옛 신분제는 폐지되고 없어졌지만 그것보다 더한 신분제를 가지고 있는 사회가 되었다는 걸 보여주고 있다고 생각한다. 그저 위로금만 전하고 발 빼려는 회사, 선불리 학생의 일에 나서기 싫다는 정규직 교사, 기간제 교사라는 말에 실망하는 학부모의 비인간적인 모습을 통해 이런 내용을 알아볼 수 있다.

그렇다면 이 글은 효용론적 관점으로 봤을 때 어떤 교훈을 가지고 있을까? 이 소설은 독자들에게 윤리를 벗어난 상식들을 보여줌으로써 이 세상이 가지고 있는 어두운 면에 대해 깨달을 기회를 준 것 같다. 또한 우린 이 행동들이 인간적이지 못하다는 생각은 하지만 금세 까먹고 행동하고 평화롭게 지낸다. 우리는 너무 쉽게 세상의 반대쪽에 있는 얼굴을 무시하고, 뒤돌리고, 잊어버리고, 또 잊어버린다. 그런 의미에서 이 단편 소설은 그 잊어버린 사회의 도덕성을 위한 기억을 다시 되돌려주기 위한 작품인 것 같다.

너무나 쉽게 잊는 한 사람 한 사람의 고통, 언제쯤 모두가 일어나 깨우칠 수 있을까? 잊는 게 일상인 우리에게 다시 한 번 기억을 되돌리게 해준 이 소설에 감사하다.

김도연

몸을 움직이는 일을 좋아한다.
재밌는 이야기보단 우울한 이야기를 듣는 것이 더 좋다.
추운 날 아침 공기 향을 좋아한다.
또한, 새벽에 나가 산책할 때 느껴지는 시원한 바람을 좋아한다.
절에서 나는 어두운 향 냄새를 좋아한다.
밝은 곳보단 캄캄한 곳을 좋아하며
신나는 노래보단 어두운 노래를 감상하는 것을 좋아한다.
단조로운 인생보단 큰 일에 휩싸이는 인생을 살고 싶다.
맛이 심심한 음식에 매콤함을 더하면 풍미와 맛이 더 가득해지는 것처럼 매운맛의 장점을 내 삶에 넣고 싶은 마음을 가지고 있다.

외면

박소연

세상은 모든 사람을 존중하거나 인정해주지 않습니다. 그렇게 사회에서 소외받은 너무나 어두운 곳에서 갇혀 살아가는 사람들이 있습니다. 그 사람을 내가 나서서 찾아보지 않는다면 나도 그 사람들을 존중하거나 인정해주지 못하는 것입니다. 우리가 우리의 세상에서, 사회에서 그 어두움에 빛을 비춰주지 않는다면 어둠에 있는 그 사람들은 그 어둠 속에 계속 머무를 수밖에 없을 것입니다. 이렇게 사회에서 어둠 속에 갇혀있는, 소외받는 사람에 대한 사연을 저도 읽어보고 그 감정에 함께 공감하고 싶었으며 그들의 얘기에 작은 호기심을 시작으로 「하나의 숨」을 비평문의 작품으로 선정하게 되었습니다.

먼저 「하나의 숨」은 특성화고의 학생 하나와, 하나의 담임 선생님인 화자를 중심으로 이야기가 꾸려집니다. 화자는 특성화고의 기간제 선생님이며 매일 현장에 나가 학교로 돌아오고 싶다고 반복적으로 말하는 학생들에게 별다른 관심도 감정도 없습니다. 화자가 식사 자리에서 잠깐 나와 학생의 전화를 받지만 전화를 받고 난 후로부터 별다른 감정 없이 담담히 이야기를 해나가는 모습이 학생에 대한 화자의 무심한 태도가 잘 드러납니다. 매일 학생들에게 똑같은 말을 들어가며 학생들에게 좋은 말로만 타이르고 격려해주는 것에 지쳐있는 화자의 모습이 잘 나타나고 있는 장면입니다. 그러던 어느 날 하나의 사건이 일어납니다. 실습 현장에서 일하던 하나의 추락사고가 발생합니다.

그 후부터 화자의 태도가 조금씩 바뀌어 갑니다. 자신이 하나의 담임선생님이기에 다해야 할 의무감 때문이기도 하지만 자신이 조금만 더 하나에게 관심을 가졌으면 이런 일이 발생하지 않았을까, 하나의 마지막 순간을 아는 것이 자신

뿐이라는 죄책감에 자책하며 화자의 태도가 변화합니다. 화자는 이제서야 하나가 혼자 처해있었을 현실에, 하나가 매일 전화를 하며 혼자 걸었을 그 어두운 밤을 마주하게 됩니다.

그렇게 화자는 하나의 현실과 점점 마주하게 되며 하나의 어머니와 하나가 일하고 사고를 당했던 평택의 공장을 찾아가지만 큰 벽에 부딪히고 맙니다. 그 현장, 회사 사람들은 하나의 사고에 대한 아무런 감정이 없었습니다. 그 사람들은 그저 사건을 덮고 조용히 지나가려고만, 아무런 책임을 질 생각은 없습니다. 화자는 그렇게 그 사람들에게 쫓겨나 무기력하게 돌아오고 맙니다. 사실 화자는 공장 사람들에게 기가 죽지 않기 위해 일부러 높은 하이힐까지 신고 갑니다. 이 부분에서 화자는 자신 자체로만은 그 사람들 앞에 설 자신이 없다는 것을 스스로가 느끼고 있다는 점에서, 화자는 많은 무시를 받아왔고 그런 스스로에게 자신감을 잃은 모습이 보입니다. 그렇게 하이힐까지 신고 갔지만 결국 남은 것은 화자의 까진 발뿐입니다. 이 부분에서는 이 세상에서 내가 어떻게든 아등바등 아무리 열심히 나서보고 살아가 봐도 결국 남는 건 상처받고 깨져버린 '나 자신'뿐이라는 것이 비유적으로 표현된 것 같습니다. 또 어떻게든 내가 그냥 성가시다고만 여겼던 그 아이의 사고가 자신의 탓이라는 죄책감을 가지고 어떻게든 그 아이의 사고 앞에서 아이의 어머니라도 도와보겠다고 자기 발까지 다 까져가며 노력했지만 아무것도 하지 못하고 돌아와 상처가 난 발을 구두에서 뜯어낼 때는 화자의 상실감이 잘 드러납니다.

결국 화자는 하나의 사고에서 큰 변화 없이 지나간 시간 속에서 교사 계약 기간이 끝나고 일반 회사원으로 살아가게 됩니다. 이제는 교사도 아닌 화자가 하나에 대한 감정은 다 끝났다고 생각했는데 그렇지 않습니다. 이미 화자의 삶에 하나에 대한 죄책감은 너무나 큰 형태로 자리 잡고 있어 자꾸만 죄책감의 자리가 화자를 밀어냅니다. '길을 걷다가 퓨전 식당이나 교복 차림의 여고생들을 발견하게 되면, 마트나 병원 앞을 지나갈 때도, 심지어 플라스틱 재질의 물건이 눈에 들어오는 순간에도 하나는 어김없이 내 삶으로 빠르게 침투해 들어왔는데, 그럴 때마다 하나의 숨이 내가 들이켜는 숨과 섞이고 있다는 생각이 들었다.' 이 부분을 통해 화자가 어쩌면 평생 안고 살아갈지도 모르는 하나에 대한 죄책감이 드러나고 있으며 하나의 숨과 자신의 숨이 섞이고 있다는 부분에서 자신이 하나의 상황에 처해있는 것처럼 하나를 생각하고 하나의 그 감정과 마음속에 깊게 물들어 있는 화자의 모습을 발견할 수 있습니다.

이렇게 전체적인 소설의 내용과 분위기를 통해 파악해 본 작가의 작품적 성향은 사회에서 소외받는 사람들이라는 생각이 듭니다. 이 글을 쓴 조해진 작가의 다른 작품들을 쭉 살펴보면 이방인, 소외된 사람들의 이야기를 계속 써왔다는 사실을 알 수 있습니다. 작가는 눈여겨보지 않으면 잘 보이지 않는 사람들의 이야기를 계속해서 꾸려 나갔으며 이제는 많이 잊혀졌지만 정의롭지 않게 묻힌 사건들이 다시 우리에게 돌아와 해결되지 않은 부분들을 채근하는 느낌을 글에 살립니다.

이런 작가의 작품적 성향이 잘 드러난 부분은 화자가 정규직 교사가 아닌 계약직의 기간제 교사라는 점과 일찍 사회에 발을 들여 사회생활과 현장의 일을 하는 하나, 또 하나를 이때까지 혼자서 키워온 미혼모 하나의 어머니의 상황을 통해 알 수 있으며 또 하나가 그렇게 현장 실습하다 사고가 나버리며 의식불명이 되어버리고, 화자는 결국 하나의 사건을 딱히 변화시키지 못한 채 기간제 교사 생활을 정리하고 다른 일자리를 찾고 다시 취직하는 이 모든 상황이 작가의 사회적으로 소외된 사람들에 대해 글을 쓰는 성향이 잘 드러난 부분이라고 볼 수 있습니다.

사실 「하나의 숨」이 가장 안타깝고 마음이 아픈 이유는 이 소설이 작가의 머릿속에서 만들어진 '소설'이 아니라 실제로 하나와 같은 실제의 사건 사고가 있다는 점입니다. 이 사회에서 이 소설에서의 하나와 같은 상황에 처한 학생들이 많겠지만 「하나의 숨」에 모티브가 된 가장 큰 사건은 여수 특성화고 현장 실습생 사망 사고 사건입니다. 이 사건은 해상 실습에 참여한 특성화고 3학년 학생이 물에 빠져 숨진 사건입니다. 헐거워진 잠수 장비를 정비하다 변을 당한 것으로 보고 있습니다. 이날 사고 현장에는 사망 학생 말고는 현장 지도 교사나 안전요원이 없었던 것으로 밝혀졌습니다. 현행 근로기준법상 잠수 작업은 18세 미만인 자는 할 수 없는 금지 직종으로 분리되어 있어 더 많은 사람의 분노를 일으킨 사건입니다. 제대로 된 지도 교사나 안전요원 없이 혼자 현장 일을 도맡아 하다 생명을 위협받았고 실제로는 사망한 학생과 하나의 모습이 닮아있다는 점을 확인할 수 있습니다.

「하나의 숨」에서 독자들이 가장 많이 느낀 감정은 아픔과 슬픔, 갑갑함이라는 생각이 듭니다. 어린 나이에 사회생활을 하다 사고를 당한 하나의 육체적, 정신적인 고통을, 또 하나를 지키지 못했다는 화자의 죄책감에 대한 아픔을, 어린 자식이 사회생활을 하다 사고를 당해 의식불명이 되어버린 모습을 바라볼 수밖에 없는 하나 어머니의 상황들을 보고 그 감정을 함께 느끼며 마음이 저려오는 슬픔이 느껴졌을 것입니다. 또 특성화고를 재학 중인 하나는 어떻게든 자기 몸을 희생하며 일해야 한다는 점과, 또 계속 유지되는 직장이 아닌 매번 불안에 떨어야 하는, 보장되지 않는 계약직을 가진 화자를 보면서 마음속에 왜인지 모를 갑갑함과 짠함이 함께 느껴졌을 것입니다. 마지막으로 이 소설이 픽션이 아니라 실제의 한 명의 고교생이 희생된 실제의 이야기라는 사실이 독자들의 마음을 가장 크게 울렸을 것입니다.

이 세상은 어떤 면에서 보면 밝고 부족함 없는 세상으로 보일지도 모릅니다. 하지만 그 속에 많은 어둠이 감춰져 있습니다. 우리가 그 상황을 사건을 겪지 않았다고 해서 무시하고, 외면하고 우리의 기억 속에서 자취를 감추어 버린 많은 사건이 이 사회와 세상 속에 감춰져 있습니다. 「하나의 숨」은 그 잊힌 많은 사건 중에 하나를 우리가 읽고 공감하며 마음으로라도 그 사람의 처지가 되어 그 어둠을 밝혀줄 수 있는 밝은 등대 같은 역할을 하라는 우리의 책임감을 의미하고 있는 것입니다. 「하나의 숨」을 읽고 우리가 잊어서는 안 되며 앞으로도 계속 기억해야 하고 어둠에서 밝은 빛을 비춰줘야 할 많은 사건을 조금 더 직시하고 외면하지 않는 모두가 되길 바랍니다.

박소연

사회를 더 좋아한다
눈이 오는 겨울을 더 좋아한다
남의 말 듣는 걸 더 좋아한다
줏대없지만 다른 사람 말에 잘 따르는 나를 더 좋아한다
노래 듣는 걸 더 좋아한다
딸기를 더 좋아한다
사람의 진심이 느껴지는 것을 좋아한다
이루어지지 않더라도 그 일을 계획하고 생각하는걸 더 좋아한다
다른 사람을 진심으로 믿고 진심으로 대하는 나를 더 좋아한다
추억을 회상하는 걸 더 좋아한다

기억해야 할 이야기

심연우

임성순의 「몰:mall:沒」이라는 단편 소설은 군대를 전역한 '나'가 학비를 벌기 위해 건설 현장에 나가고 어느 날 현장 사람들과 쓰레기장으로 가게 되는데, 그 쓰레기장에 무너진 삼풍백화점의 잔해들이 쌓여있고 그 속에서 시신을 찾는 일을 하게 되는 이야기이다. 제목은 영어와 한문 두 가지의 의미를 담고 있는데 첫 번째로 영어의 'mall'은 쇼핑몰이라는 의미로 삼풍백화점을 떠올릴 수 있다. 두 번째는 '沒'은 죽다, 가라앉다는 뜻으로 삼풍백화점이 가라앉으면서 수많은 사람이 죽고 다친 모습을 떠올리게 한다. 또 임성순 작가는 탄탄한 자료 조사로 디테일을 구성해 이야기의 몰입도를 높인다. 그래서 이 소설을 인상 깊게 읽어 선택하게 되었다.

가장 인상 깊었던 문장은 소설의 제일 끝부분에 "망각했으므로 세월이 가도 무엇 하나 구하지 못했구나."라는 문장이다. 이 문장이 의미하는 것은 시간이 흘러도 또 다른 재난이 일어나고 우리는 또 그 재난을 막지 못한다는 것을 의미한다. 왜냐하면 이렇게 큰 재난이 생겨도 시간이 지나면 사람들은 잊게 되고 그 후 또 다른 재난이 일어나면 그 사건에만 관심을 가져 그전에 큰 재난이 있어도 잊기 때문이다. 또 "사람은 간사한 동물이라 잊어버린다고. 봐라, 또 무너진다."라는 문장은 우리가 이 재난을 잊으면 그 재난은 다시 온다는 의미를 담고 있다. 그래서 우리가 잊지 않고 기억해야 한다는 것을 강조한다.

그리고 작품은 실제 사건인 삼풍백화점 붕괴 사건을 모티브로 하여 만들어졌다. 그 당시 실제로 시신과 백화점 잔해물이 섞여 있는 것을 쓰레기 매립장에 버리고 그 후 유가족들의 엄청난 항의로 그제야 잔해 사이에서 잘린 시신들을 찾았다고 하는데 이 내용이 소설에 등장한다. 이 내용은 사건에 대해 자세히 찾아보고 관심을 갖지 않는 이상 몰랐을 내용인데 사건 자체를 배경으로 하여 우리에게 몰랐을 내용을 알려주고 그로 인해 이 사건에 더 관심을 가지게 하려는 의도로 볼 수 있다. 이 글은 독자들이 읽었을 때 충격적인 요소를 넣어 더욱 기억하고 잊지 않아야 한다는 것을 강조한 것 같다.

이 작품을 읽었을 때 삼풍백화점에 대한 내용을 다룬 것이지만 이전에 일어난 성수대교 붕괴 사건이나 세월호가 생각났다. 그 사건에 대한 뉴스를 봤을 때 재난이란 인간이 생각한 것보다 더 위협적인 것이라는 생각이 들었다. 그리고 재난에 대한 분노와 슬픔이 밀려와 어렸던 나에게 잊지 못할 충격으로 남아 있다. 소설 내용을 보면 백화점 잔해 사이에 갑자기 잘린 팔이 있다든지 그런 부분들이 자세하게 적혀있어서 그 또한 마음이 아팠다. 이 소설로 다른 재난을 떠올릴 수 있고 재난에 대해 다시 한번 생각할 수 있었다.

소설 속에서 가장 감동적이고 마음에 와닿는 문장은 "그 따뜻함이 너무 미안해 더 뜨거운 눈물이 쏟아져 나왔다."이다. 이 부분을 읽었을 때 울컥한 마음이 들면서 여러 감정이 느껴졌다. 한 문장일 뿐이지만 나에게 엄청 많은 말을 해 주는 것 같았다. 소설에서 '나'는 그저 할 일을 했을 뿐이지만 그 손을 잡았을 때 죄송하고 부끄러웠을 감정이 나에게도 느껴졌다. 나는 우리가 오랜 시간이 지나면 자연스레 기억들을 있을 수밖에 없다 생각한다. 그렇지만 한 사람이라도 기억한다면 그 자체로 의미가 생기지 않을까 하는 생각이 들었다. 기억을 오랫동안 간직하는 것은 쉽지 않은 일이지만 그래도 불행을 반복하는 일이 없도록 우리는 더욱 잊지 말아야 한다고 생각한다.

심연우

내가 태어난 2007년에는 원더걸스, 카라, 소녀시대가 전부 데뷔한 해이며 무한도전이 큰 화제를 불러왔고, 태안 앞바다 기름 유출 사고 등 화제가 많았다. 또 2007년은 출생아 수가 전년보다 4만 5천명이 증가해 황금돼지띠라고 불린다. 그 해에 아이브의 이서와 정동원 등 유명인이 태어났는데 나는 아직도 그들과 동갑이라는 게 믿기지 않는다. 그리고 내가 태어난 7월 21일에 해리포터와 죽음의 성물이 영국 전역에 출간되었다고 한다.

재난을 막아야 할 우리의 미래

추현진

우리는 살면서 주변에 재해가 자주 발생한다. 물론 자연적으로 일어나는 재해들도 있지만 사람들의 부주의 때문에 일어나는 것도 있다. 그 대가는 죽음일 수도 있겠지만. 항상 우리는 어떤 큰일이 일어나면 뉴스를 통해 알게 된다. 몇 주 지속적으로 나오는 재해 사건들이 대다수일 것이다. 하지만 그 사건이 종결되거나 서서히 희망이 없어지면 그 이후에는 잘 뉴스에 나오지 않는다. 우리는 이런 것을 통해 무엇을 생각할 수 있을까? 우리가 재해에 대해 어떻게 생각하는지 알아볼 수 있는 책은 바로 『기억하는 소설』 중

「몰:mall:沒」이라는 단편 소설이다. 「몰:mall:沒」이 다루는 재해 사건은 삼풍백화점이다. 최근에 『꼬리에 꼬리를 무는 그날 이야기』라는 프로그램에서도 언급되었던 내용이다. 1995년에 발생한 삼풍백화점 붕괴사건을 다루고 있는 이 책은 우리가 잊어서는 안 될 참사를 점점 잊고 있다는 걸 확신시켜주는 내용이다.

이 책에서 우리에게 어떤 말을 전해주고 있을까? 웃음 뒤엔 항상 두려움이라는 게 있다는 말을 들어보았을 것이다. 이 책에서도 그렇듯이 이러한 말들이 있었다. “너무나 쾌활해서 이 웃음 아래 두려움이 서려 있다는 걸 둔감한 나조차도 알 수 있다”고 하였다. 실제 사고 현장이어서 사람들의 시체가 하나둘씩 나오게 되는 장면에서 나온 말이었다. 사고 현장에서 누이와 닮은 팔도 나오고 “너무 큰 희망은 절망만큼이나 무섭다는 걸 해준다.”라는 말이 단지 누이의 손으로 인해 다시 한번 이 일을 느끼게 해준 말이었다. 점점 현실을 깨달아간다는 의미이기도하다.

작가는 이 책에 대해 말했다. 삼풍백화점 이야기를 꺼내기 위해서는 세월호를 먼저 꺼내야 한다고. 오래전에 삼풍백화점이 무너졌고 이후 세월호도 그렇게 되었다. 이런 사람들이 많이 죽은 대표적인 사건이 연속으로 일어났다는 것은 우리가 간사한 동물이기 때문이라고 하였다. 이 작가의 말 때문에 우리는 알 수 있다. 아무리 사람이 죽고 슬퍼하고 뉴스에서 난리가 나도 그 한계의 시간이 지나면 모두 잊고 또 다른 참사가 일어나야지만 그 일을 다시 꺼낸다는 것이다. 작가는 '우리 사회의 모습을 바꾸어야 한다고 전하는 것은 아닐까?'라는 생각이 들었다.

우리가 이 책을 읽고 어떤 감정을 느낄까? 단지 삼풍백화점이 붕괴되었다는 사실에 슬퍼해야 할까? 안타깝다고 해야 할까? 내가 이 책을 읽었을 때 저런 감정도 없지 않아 있었다. 하지만 더 컸던 것은 우리의 현실이었다. "망각했으므로 세월이 가도 무엇 하나 구하지 못했구나."라는 문장에서 우리는 알 수 있다. 앞에서 말했듯이 작가는 이 삼풍백화점 이야기를 꺼내기 위해선 세월호를 꺼내야 한다고. 이처럼 우리는 삼풍백화점과 세월호의 공통점을 찾아보면 다수의 사람이 한순간에 자신들의 잘못이 아닌 이유로 죽었다는 것이다. 우리는 삼풍백화점이 일어났을 때 알았어야 했다. 잠깐 지나가는 뉴스거리가 아닌 평생 짊어지고 갈 책임이라는 걸. 독자들은 저 문장을 읽고 우리는 좀 더 미래를 바라보고 사회적 의식을 바꾸어야 한다고 생각해야 한다.

이 책을 읽고 난 후 우리는 앞으로 더 미래를 바라보아야 한다는 걸 알게 되었다. 더 이상 이런 참사는 일어나지 않아야만 하고 또 절대 잊어서는 안 된다. 이 책으로 인해 한 번 더 언급되어 다시 한번 떠올리게 하는 날이 왔으면 좋겠다. 많은 참사가 일어난 만큼 그만큼 없어야 할 일들이라고 생각하기 때문에 우리의 미래와 이 사회들을 좀 더 신중하게 생각할 기회인 것 같다. 우리는 꼭 재난을 막아야 할 의무가 있다. 이 소설로 인해 더 이상의 참사가 일어나지 않았으면 하는 마음과 함께 글을 줄인다.

추현진

여름에 오후 7시의 하늘을 좋아한다.

가끔은 여럿이 있는 것보다 혼자 있는 것을 좋아한다.

감성 젖은 글귀 찾아보는 것을 좋아한다.

영어보다 수학을 더 좋아한다.

다른 사람이 나에게 티 나게 잘해주는 것보다 몰래 챙겨주는 츤데레를 더 좋아한다.

약속 어기는 것을 싫어한다.

밤에 드라마 정주행하는 것을 좋아한다.

생수보다 보리차를 더 선호한다.

문자보다 통화를 더 좋아한다.

잠자는 걸 몹시 좋아한다.

잊어버리면 안 될 것들

전유정

「몰:mall:沒」은 말하는 이가 무너진 백화점의 잔해들 속 시체를 찾는 역할로 나오며 당시 무너진 백화점의 상태를 더욱 생생하게 나타내었다. 재개발 지역에 살며 학비를 벌기 위해 막노동을 하는 말하는 이는 백화점은 돈 많은 부자들이 가는 곳이라며 자신과는 대비되는 곳으로 보고 있으며 "무너진 백화점은 내게 세계 반대편에서 일어난 비극과 다름없다"라고 생각해 백화점 붕괴 사고에 대하여 남 일처럼 대하고 있다. 하지만 후반부에 백화점 잔해들을 뒤지던 중 손 하나를 발견하며 자기 누이와 너무나도 닮은 손으로 인해 “내 누이였고, 내 가족이었고, 내 아이, 혹은 나 자신이었을지도 모를 꽃 같은 손이다”라며 백화점 붕괴 사고에 대해 공감하고 슬픔을 느낀다.

글의 내용은 1995년 6월에 일어난 삼풍백화점 붕괴 사고를 연상하게끔 한다. 삼풍백화점 붕괴 사고가 일어나기 1년 전 1994년에 유사한 사건인 성수대교 붕괴 사고가 있었다. 이 또한 삼풍백화점 붕괴 사고처럼 점검 부실 및 내부 결함 문제로 인하여 일어났던 사고였다. 하지만 사람들은 이를 망각하였고, 성수대교 붕괴 사고와 유사한 사건인 삼풍백화점 붕괴 사건이 일어나게 된 것이다. 또한 이 책이 나왔을 당시 세월호 참사가 일어난 이후였는데 “쓰레기장에 버리면, 흙으로 덮어 버릴 거 아니야. 그러면 잊어버린다. 사람은 간사한 동물이라 잊어버린다고. 봐라, 또 무너진다. 분명히 또 무너진다고”라고 말한 것은 삼풍백화점 붕괴 사고를 망각해서 일어난 세월호 참사를 암시하는 것을 알 수 있다.

이 소설의 작가는 1967년 전북 익산 출생으로, 성수대교 붕괴 사고, 삼풍백화점 붕괴 사고, 세월호 참사가 일어난 시대를 모두 살아오며 직접 그 재난들에 대해 지켜보았다. 작가는 "망각했으므로 세월이 가도 무엇 하나 구하지 못했구나"라며 말하는 이의 독백을 통하여 반복되는 재난들에 대해 자신이 느낀 점을 말한 것일지도 모른다.

이처럼 이 소설은 말하는 이뿐만 아니라 소설에 등장하는 어떤 인물의 직업도 소홀히 그려내지 않으며, 백화점 붕괴사고 당시 상황에 대해 디테일하게 묘사하여 독자들이 당시 상황에 대해 생생하게 느끼고 몰입할 수 있게 하였다. 소설의 아저씨들이 유족을 기리는 모습 뒤로 무너진 백화점의 잔해들 속 귀금속을 챙기는 이중적인 모습을 통해 독자들은 재난을 너무 쉽게, 빨리 잊는 모습을 반성할 수 있다. 또한, 재난의 참상을 직시하고 기억하여 그 일이 '나의 재난'임을 인식하고 나아가 '우리 모두의 문제'임을 받아들여 함께 재난을 극복하고 이후의 삶을 고민할 수 있도록 한다.

전유정

꾸밈없는 사람을 좋아한다.

물질적 소유를 좋아한다.

선입견이 없고 개방적인 삶을 좋아한다.

흥미 위주의 욕구가 높은 것을 좋아한다.

새로운 것에 자유롭게 도전하는 것을 좋아한다.

내기를 좋아한다.

즉흥적인 것을 좋아한다.

웃긴 것을 좋아한다.

빠른 것을 좋아한다.

단순한 걸 좋아한다.

재난의 시대를 살아가는 우리에게

최현민

혹시 『꼬리에 꼬리를 무는 그날 이야기』를 아시나요? '꼬꼬무'로도 불리는 이 프로그램은 여러 가지 사건이나 사고들을 1:1 대화 형식으로 전달하는 프로그램입니다. 저는 예전에 유튜브를 통해 '핑크빛 욕망의 몰락 : 삼풍백화점 붕괴 참사' 편을 보았습니다. 삼풍백화점이 붕괴가 되기 전까지 많은 골든타임이 있었음에도 불구하고 의견을 묵살하고 붕괴 날까지 영업을 한 사실을 알고 저는 매우 분노하였습니다. 하지만 이 일 이후에도 여러 붕괴 사고가 지금까지 이어져 오고 있습니다. 그래서 재난을 기억하고 다시는 되풀이하지 않기 위해『기억하는 소설』을 읽었습니다.

『기억하는 소설』에서 여러 가지 소설 중 제가 읽은 것은 삼풍백화점 이야기를 담은 「몰:mall:沒」입니다. 이 소설은 전역한 주인공이 대학 등록금을 내기 위해 공사 현장에서 물건 옮기는 일을 하는데요. 어느 날 백화점이 무너져버린 곳에서 실려 온 잔해가 있는 난지도에서 일하게 됩니다. 그리고 검은 양복을 입은 사람이 잔해 속에서 시신과 그 시신을 증명할 소지품을 찾아내라고 말합니다. 작업에 투입된 사람들은 부러진 마네킹 팔을 발견하고 지나칠 정도로 웃습니다. 작업이 계속되면서 진짜 몸이 나오고, 분위기는 점점 표정이 어두워집니다. 거기서 손을 찾아낸 주인공은 누나의 손을 떠올리며 눈물을 흘립니다. 그리고 집으로 돌아가는 길에 많은 생각을 하며 소설은 끝이 납니다.

저는 이 이야기를 듣고 기억의 중요성에 대해 다시 한번 생각해 보는 기회를 가지게 되었습니다. 재난은 불시에 일어나기 때문에 언제, 어디서, 누가 피해를 받을지 아무도 모릅니다. 피해를 받는 사람이 아는 사람, 친구, 심지어 가족이 될 수도 있습니다. 백화점 잔해 속에서 누나의 손을 떠올린 주인공은 정신적으로 몹시 힘들었을 것입니다. 시신밖에 없는 잔해들 속에서 자기 가족이 나온다는 것은 엄청난 충격으로 다가왔을 것입니다. 그로 인한 슬픔은 말로 설명할 수 없을 정도로 크겠죠. 게다가 부실 공사로 인한 인재라면 더더욱 그럴 것입니다. 그리고 주인공이 잡아당긴 손이 상업고등학교를 졸업하고 얻은 첫 직장이었고 하루에 9시간씩 매대를 지켜야 했지만, 그 순간에도 미소를 지을 수밖에 없었던 사람의 손이라는 것이 마음에 와닿았습니다.

이 이야기는 삼풍백화점 즉, 실화를 바탕으로 한 이야기입니다. 삼풍백화점에서는 붕괴를 암시하는 여러 일들이 존재하였음에도 자신의 이익을 챙기기 위해 운영을 계속하였습니다. 그 결과, 백화점은 무너지게 되었지만 관계자들은 이미 대피하였던 후라 애꿎은 사람들만 피해를 보게 되었습니다. 저는 백화점 참사의 피해자들은 이렇게 백화점을 위해 헌신하였는데 백화점은 자신들을 위해 헌신하였던 사람들을 돈보다 아래에 두며 행동하였다는 것이 너무 속상하였습니다. 그래서 저는 이 소설을 읽고 이와 같은 일을 방지하기 위해 이 이야기들을 기억해야겠다고 생각하게 되었습니다.

글을 쓴 작가는 문제를 파헤치지 않고 묻어 버리기만 하고 잊어버렸으니 이와 비슷한 일이 재발하였다며 이제는 잊지 말고 기억해야 한다는 메시지를 담았다고 하였습니다. 또 이 소설은 잊을만하면 잊지 말라고 계속 이야기해주는 역할, 일종의 경고장 같은 역할에서 좋은 소설이라고 하였습니다. 이어, 유난히 기억의 중요성을 강조하는 작품들이 었다며 기억은 세상을 바꾸는 토대가 될 수 있다고 하였습니다.

이 소설은 우리가 잊고 있었던 사실들을 다시 기억하게 해준다는 면에서 정말 좋은 작품이라고 생각합니다. 하지만 주인공이 원래는 삼풍백화점이랑 관련이 없는 것에서 이야기를 풀어나가는데 어떠한 원인으로 붕괴가 일어났는지, 대처가 어땠는지 같은 붕괴 당시의 상황을 담은 이야기로 풀어나갔으면 어땠을까 하는 아쉬움이 있었습니다. 또 단편소설 특성상 짧게 끝내야 하므로 누나에 대한 정보가 더 있었으면 이 소설에 더욱 몰입할 수 있었을 것 같은데, 조금밖에 나오지 않아 주인공이 누이의 손을 생각하며 울 때 소설에 잘 몰입하기가 힘들었습니다. 그렇지만 이 소설은 작가의 의도에 따라 기억할 수 있어 좋은 작품이었습니다. 마지막은 소설의 한 구절로 끝맺음하겠습니다.

"망각했으므로 세월이 가도 무엇 하나 구하지 못했구나."

최현민

내가 태어난 해인 2007년에는 태안 앞바다 기름 유출 사고, 탈레반의 납치극, 애플 아이폰 출시 같은 굵직한 사건이 있었고 문화면에서는 원더걸스, 카라, 소녀시대가 한꺼번에 데뷔한 해이기도 하다. 한편 게임계에서는 닌텐도 DS를 출시하였고, 소니 컴퓨터 엔터테인먼트 코리아에서도 플레이스테이션 3을 출시하였다. 그해에는 거침없이 하이킥, 커피프린스 1호점, 대조영이 히트를 치고 있었다. 또, 가요에서는 소녀시대, 다시 만난 세계, Tell Me, 비밀번호 486 등 이름만 들어도 알만한 노래들이 히트하였다. 아무래도 가요계의 과도기에 태어나 k-pop 아이돌을 많이 좋아하는 성격을 가지게 된 것 같다.

밸런스 게임 · 김동식

『회색 인간』부터 시작해 '김동식 류 초단편 소설'이라는 하나의 장르를 만든 김동식 작가의 열 번째 초단편 소설집. 사고 실험을 통해 드러나는 사회의 부조리와 인간의 딜레마를 22편의 이야기를 통해 드러내고 있다.

나만 지켜도 되는 걸까

김지혁

내가 읽은 책은 김동식 작가의 소설집 『밸런스 게임』이다. 내용 소개에 앞서 이 작가에 대해 소개를 해보자면, 김동식 작가는 1985년생 유머 게시판 출신 작가이다. 이 작가의 대표적인 작품 중에서는 『회색 인간』, 『13일의 김남우』 등이 있는데, 이 책의 글 모두 본인이 이전에 인터넷 게시판에 써왔던 글들이라고 한다. 내가 선택한 가장 인상 깊었던 파트는 소설 『밸런스 게임』에서 가장 첫 번째 파트인 「밸런스 게임」이다. 보통 책 제목과 같은 이름을 가진 파트는 대부분 책의 시작, 혹은 끝을 장식하면서 그 책의 정체성을 나타내는 주요 파트라고 생각한다.

이 파트의 내용을 요약하면, 1,000만 원을 받고, 사람을 하나 죽이거나 아무런 조건 없이 100만 원을 받을지를 '무지'의 상태에서 선택하는 것이다. 선택하는 동안은 자신이 누구인지, 뭘 했었는지 단 하나도 기억할 수 없는 원초적 상태가 된다. 책 속 문장 중에서 "고작 900만 원 때문에 사람을 죽이지 않은 걸 후회할 거란 말입니까? 그럴 리가 없습니다. 저는 그런 쓰레기가 아닙니다."라는 문장이 나온다. 어떤 흉악범의 기억을 지우고 가장 원초적인 무의 상태로 되돌렸을 때 나온 말이다. 놀랍게도 흉악범은 인간의 죄책감, 도덕, 질서에 근거하여 100만 원을 선택했다. 작가는 이런 표현을 통해 이기적인 사회의 풍습이 우리들을 원초적 순수함으로부터 얼마나 멀리 떨어뜨려 놓았는지를 알리려는 것이 아닐까?

이 글의 독자들은 본인은 원초적인 순수함에서 얼마나 멀어졌는지, 우리는 정말 태생부터 선한 존재들인지 등의 인간 본래의 모습들에 관해 생각해 볼 필요가 있다. 글 속의 흉악범이 한 말 중에서 "아오. 이 멍청한 놈아! 1,000만 원을 골랐어야지!"라는 부분은 우리에게 있어 글 속 흉악범과 자신이 같은 생각을 하지는 않았는지, 본인의 인격적인 모습은 어떤지 객관화할 의무가 있다고 이야기하는 듯하다. 그리고 타인에 대해 너무나 무관심한 우리에게 조금이나마 죄책감을 심어 가치관의 변화를 주는 이야기가 아닐까?

이 글의 작가가 현대인인 만큼 이 글의 내용들 또한 현대사회를 풍자하는 듯한 내용이 많다. 이 「밸런스 게임」이라는 파트 속에서만 해도 독자들에게 있어서 아무렇지 않게 1,000만 원을 고르는 본인의 모습들을 비판하고 있을 것이다. 현대사회의 특성상 아무리 리스크가 있더라도 본인에게 크게 문제 되지 않는다면 1,000만 원을 선택하는 게 이득이라고 생각한다. 누군가 죽는다고 해도 말이다. 기부하고 남에게 베푸는 것 또한 본인이 풍족해야만 가능하다. 자기 하나 챙기기도 버거운 현대사회에 이런 기회가 온다면 나 또한 1,000만 원을 선택할 것이다. 이 글 속에서 우리는 공감능력이 크게 떨어진 현대사회에 대한 비판을 찾을 수 있다.

우리는 모두 인간이다. 공동체에서 살아가고 있고, 모두가 풍족할 수 없다. 그렇기에 그 소수의 강자가 되기 위해 이토록 모두가 노력하는 것이다. 하지만 앞만 보고 가더라도 잠시 뒤를 돌아볼 수는 없는 걸까? 너무 자기만 바라보는 극단적인 이기주의 사회가 되어가는 것은 아닌지 의심이 된다. 모두가 행복할 수는 없지만 모두가 불행해야 하는 것도 아니다. 서로에게 조금이나마 베풀며 살아가는 사회가 필요하다.

김지혁

귀찮은 건 질색이다.
더운 걸 싫어한다.
혼자 노래 들으며 게임하는 걸 좋아한다.
시끄러운 음악을 조용히 듣는 걸 좋아한다.
하늘에 떠 있는 것보단 두 발로 서 있는 걸 좋아한다.
즐거워하는 사람을 보면 기분이 좋다.

욕망과 책임

이윤정

「죽은 딸이 살아있다는 메일」은 대한민국의 현대사회를 배경으로 한다. 어느 날, 홍혜화 교수에게 의문의 메일이 왔다. 그 내용은 16년 전 끔찍한 화재 사고로 죽었던 교수의 딸을 데리고 있다는 내용이었다. 교수는 어이가 없고 화가 났다. 누가 이런 질 나쁜 장난을 치냐면서. 그녀는 몹시 분노하며 의심하면서도 지속해서 오는 메일을 신고하거나, 무시하거나, 다른 이에게 하소연하지 못했다. 저도 모르게 일상에 파고들어 머릿속을 마구 헤집는 딸에 대한 메일과 정말 일말의 자기 딸일지도 모른다는 가능성 때문에 말이다.

시간이 점차 흐르고 그녀에게 또 다른 아이를 키울 기회와 딸을 데리고 갈 것이냐는 선택권을 준다. 딸은 살인을 저질렀다. 그런데도 그녀는 딸을 받아들였다. 딸과 만나게 된 그녀는 무척이나 기뻤지만 동시에 두려워졌다. 제 선택으로 인해 공 박사네 부부와 아이가 죽었다는 것이. 당장 신고할 수도 없었다. 그 여자를 신고하면 분명 사건에 얽혀있는 딸 또한 처벌을 피할 수 없을 테니까. 이 장면으로 교수는 사랑하는 사람이 죄를 지었더라도 벌은 받지 않길 원하는 마음에 진실을 묵인하는 것과 욕망의 대가에 죄책감을 갖는 인간의 모습을 비판하고 풍자한다. 교수에게 주어진 딜레마는 간접적인 살인과 딸, 혹은 다름없는 일상이었다. 가족을 잃고 외로이 살아가던 그녀가 살인과 딸을 선택한 것을 옳다고, 그릇되었다고 말할 수 있을까? 메일을 보낸 미친 여자는 왜 유전자와 똑똑한 아이에게 집착하는 것일까? 하물며, 작가는 왜 이런 글을 쓰게 되었을까?

작가 김동식은 1985년 경기도 성남에서 태어나 부산에서 어린 시절을 보냈다. 그는 집안 사정으로 중학교를 중퇴하고 주물 공장에서 십 년이 넘게 일했다. 힘들게 일하면서도 머릿속으로는 재미있고 환상적인 이야기를 떠올렸다. 일을 끝마치고 집으로 돌아온 그는 온라인 커뮤니티 게시판에 낮에 자신이 떠올린 이야기를 썼다. 써낸 글들이 크게 호응을 얻게 되자, 책으로까지 출간하게 되었다. 『밸런스 게임』을 집필한 김동식 작가는 이외에도 공포, 로맨스 등 여러 장르를 넘나드는 작가이다. 김동식의 소설은 읽고 누군가는 그를 천재 작가라고 칭하고 누군가는 소설이라고 보기 어렵다는 평을 내린다.

그렇지만 그들은 공통적으로 그가 써낸 소설이 재미있다고 평가한다. 그렇지만 그의 소설은 단순히 재미뿐만 아니라 우리에게 현실을 돌아보게 하는 교훈을 던져준다. '왜 인간은 도덕과 정의를 지켜야만 할까?', '욕망을 위해 사회적으로 그릇된 행동을 하면 안 되는 걸까?'와 같은 질문들은 누구도 쉽게 답할 수 없을 것이다. 그가 우리에게 준 물음표에 독자들은 자신의 제각각 다른 답을 내놓는다. 이 책의 독자는 극한의 상황에 놓인 인간의 이기적인 본성 때문에 갈망하는 등장인물들의 심경에 대해 알고 만약 내가 이러한 상황에 처했더라면 어떻게 했을지, 또는 이와 비슷했던 자기 경험을 떠올리며 과연 도덕적이라고 할 수 있는 선택을 하였을지 성찰과 고뇌의 시간을 보낸다.

그는 어린 나이부터 일하며 다양한 종류의 사람들을 만나 보았을 것이다. 그의 소설에서 항상 악인으로 등장하는 '최무정'은 그가 공장에서 일할 때 그의 저금통을 털어간 같은 회사 직원이었던 최 씨를 모티브로 한 것이다. 어린 나이에 가장이 된 그는 사회는 잔인하고 인생은 순탄하지 않으며, 주변의 어른스럽지 못한 인간들에게 의문과 회의를 느꼈을 것이다. 그렇게 사회에서 쓴맛을 느끼게 된 그는 사회비판적이고 풍자적인 글을 써 내려 갔다.

이 책이 출판된 연도는 2021년이다. 2021년은 코로나 팬데믹 시대의 연장이었다. 계속된 코로나바이러스로 사람들은 언제 끝날지 모르는 바이러스의 시대에 공포감과 불안을 떨치지 못하였고, 코로나 4차 대유행과 변이 바이러스가 도래하게 된다. 그런데도 시간이 흐르면서 코로나 방역 수칙을 지키지 않고 사업장을 운영하거나 모임을 하는 등의 일탈이 증가하였다. 코로나는 우리의 삶을 망가뜨렸다. 해외에서는 날이 갈수록 동양인을 향한 인종차별이 심해졌고,

당연히 누릴 수 있었던 것들이 당연하지 않게 되었다. 코로나는 선과 악의 경계를 무너지게 했다. 무엇이 정의인지도 모르는 현대인들에게 이 책은 깨달음을 줄지도 모른다.

이 글은 우리가 살아가는 현대사회를 배경으로 한다. 문명과 의학이 발전해 우리는 각종 혜택을 누리게 되었다. 내용 속에서 '여자'는 교수와 만나지 않고 처음부터 끝까지 이메일로만 대화한다. 또, 여자는 교수의 유전학에 관했던 지식을 절대적으로 믿었다. 자신은 무식하니 똑똑한 아이가 태어나는 것은 불가능하기에 교수의 딸이 탐났다고. 유전자가 몸의 대부분을 구성하는 것은 맞지만, 사람은 평생 올바른 길로만 걸을 수 없다. 여자는 디지털 시대에 살고 있는 지혜롭지 못하고 잘못된 정보를 판단하지 않고 습득하는 것에 방어하지 못하는 현대의 우리들을 풍자한다고도 볼 수 있다.

다양한 방법으로 해석할 수 있는 「죽은 딸이 살아있다는 메일」은 효용론적 관점으로 바라볼 때 더욱 빛을 발한다. 특히 김동식의 소설은 읽고 감상만으로 끝나는 것이 아니라 독자들에게 다양한 질문과 여지를 남기기 때문에 더욱 생각의 폭을 넓힐 수 있다.

이윤정

강아지보다 고양이를 더 좋아한다.
따뜻한 봄보다 시원한 가을을 더 좋아한다.
자연보다 도시를 더 좋아한다.
수학보다 영어를 더 좋아한다.
밖에서 노는 것보다 집에서 쉬는 것을 더 좋아한다.
드라마보다 영화를 더 좋아한다.
선역보다 악역을 더 좋아한다.
현실적인 이야기보다 동화같은 이야기를 더 좋아한다.
에세이보다 소설을 더 좋아한다.
디즈니를 더 좋아한다.

왜 정의와 도덕을 지켜야 할까?

이예진

흘러가는 삶에 스며들면서, '왜 착하게 살아야 하지?'라는 생각을 해본 적이 있는가? 김동식의 책, 『밸런스 게임』에 나오는 단편 이야기인 「돈 나오는 버튼을 누를 것인가」는 독자가 이러한 의문을 가지도록 만든다. 왜 착하게 살아야 할까. 이 단편적이고 보편적인 질문이 내 뇌리를 스친 순간, 나는 회의감이 들었다. 꼭 착하게 살아야 하나 와 같은 의심. 과연, 그 의심이 금세 사그라들었을까? 이 글을 찬찬히 읽다보면 답을 얻을 수 있을 지도 모른다. 왜 착하게 살아야 할까, 에 대한 답을. 나의 의심은 사그러졌을까, 에 대한 답을. 먼저,「돈 나오는 버튼을 누를 것인가」의 줄거리를 알아보자.

「돈 나오는 버튼을 누를 것인가」에 나오는 세상의 부모들은 아이들이 도덕적으로 자라도록 교육한다. 부모의 착하게 살아야 한다는 당부를 듣던 아이는 묻는다.

"근데 왜?"

그러자 부모는 말한다. 그건 이유 없이 당연한 거라고. 아이는 부모의 바람대로 정의롭고 도덕적인 학생으로 성장했다. 그러던 어느 날, 학생은 낯선 공간에 놓인다. 그리고 거기에 있던 노인이 학생에게 말했다.

"이 버튼을 누르면 사람이 죽는다네. 누르기만 하면 100만 원을 주지."

학생은 거절했다. 그야 돈 때문에 사람을 죽이는 건 도덕적이지 않으니까. 하지만 돈의 액수가 점점 늘어났다. 1,000만, 1억, 5억, 10억, 그리고 20억까지. 어떻게 됐을까? 도덕적인 학생이니 누르지 않았을까? 아니다. 학생은 누르면 사람이 죽는 버튼을 20억 때문에 눌렀다. 도덕보다 돈을 선택한 것이다. 학생이 공간 밖으로 나오자 부모가 있었다. 학생의 돈 가방을 본 부모는 좋아했다. 그러면서 100억이 아니라고 안타까워했다. 학생은 어리둥절해서 이 상황이 어떤 상황인지 물었다. 부모는 답했다. 도덕적인 사람일수록 큰돈을 벌게 해주는 국가 복지 시스템이라고. 자신의 가치관이 돈 때문에 길러진 거냐는 학생의 질문에 부모는 말한다.

“아무렴 어때? 그렇게 세상 사람들이 다 도덕적으로 성장하면 그걸로 좋은 거 아니니?”

이야기 속의 부모는 아이가 착하고, 도덕적으로 자라게끔 끊임없이 교육을 시킨다. 응당 그래야 하는 것임으로. 덕분에 아이는 결과적으로 정의롭고 도덕적으로 자랐다. 교육의 결과가 잘 나타났다고 할 수 있겠다. 하지만 어떻게 됐는가? 아이는 교육을 계속 받아왔음에도 불구하고, 20억을 갖기 위해 사람을 죽인다. 이 이야기는 이 세상의 도덕과 정의가 얼마나 얄팍하고, 허술한지 보여준다. 당장 사람들에게 ‘왜 착하게 살아야 하나요?’라고 물어봐도, 이 이야기 속 부모처럼 “그건 당연한 거야.”라고 답할 것이다. ‘당연한 것’. 그렇다면, 왜 당연한 것일까. 답을 들어도, 꼬리를 무는 의문만이 피어난다. 착하게 살아야 하는 이유를 무지의 영역에 두

었는데, 과연 사람들은 진실되게 도덕적으로 자랄 수 있을까? 도덕에 관하여 가변적이지 않을 수 있을까? 애석하게도, 이러한 건 도덕적으로 살아야 한다는 것을 이해시킨 것이 아니라, 세뇌한 것밖에 되지 않는다. 세뇌한 도덕은 도덕의 본질을 알지 못하기 때문에 반드시 허점이 생긴다. 이야기 속 학생이 20억에 사람을 죽인 이유이다. 그 허점은 알량하게 느껴지기도 해서, 알아채지 못하기 쉽다.

이야기의 다른 부분도 살펴보자. 이 이야기에는 오로지 돈을 많이 벌기 위해 자식에게 착하게 살아야 한다고 계속 가르치는 부모들이 나온다. 현실에서는 어떨까? 지금은 교육을 중요하게 생각하는 시대다. 당장 주변만 봐도 있는 돈, 없는 돈 다 털어서 자식을 교육하는 부모들을 흔하게 볼 수 있다. 대부분의 부모가, 자식이 공부를 잘해서 좋은 직업을 가지고, 돈을 많이 벌었으면 하는 마음에 공부를 시킬 것이다. 하지만 이 이야기에서 부모가 돈을 많이 벌고 싶은 욕심 때문에 자식을 도덕적으로 키우는 것처럼, 자식은 고려하지 않고 그저 자식을 잘 키우고 싶은 욕심이나, 남에게 자식 잘 키웠다는 소리를 듣고 싶어서 무리하게 교육을 하는 건 아닌가? 이 이야기에서는 이런 이기적인 부모들을 나타내고 있다. 모든 사람에게는, 자신의 삶이 존재하는 법이다. 스스로가 아닌, 타인의 만족을 위해서 이루어지는 삶이 되어서는 안 된다. 주체의 만족을, 행복을 독단적으로 추구해야 한다. 이타심을 품지 못할지언정, 자신의 이기심으로 남의 행복을 빼앗지 말기를. 이 희망이 널리 퍼져 모두의 마음에 심어졌으면 좋겠다. 채 닿지 못하더라도, 잔존하여 주위에 떠돌길 바란다.

이 이야기의 끝에는 이런 말이 있다. “아무렴 어때? 그렇게 세상 사람들이 다 도덕적으로 성장하면 그걸로 좋은 거 아니니?” 자신의 가치관이 고작 돈 때문에 길러진 거냐는 아들의 말에 부모가 뱉은 답이다. 어떤 사람은 이 글을 읽고 ‘결과적으로는 도덕적으로 자랐으니 괜찮은 것 아닌가?’라는 생각을 할 수도 있고, 또 어떤 사람은 ‘그래도 목적이 돈이라니, 이건 아니다.’라고 생각할 수도 있다. 저마다 다양한 생각이 이루어져, 죄 나열하지 못할 정도로 다채로운 이견이 나올 것이다. 정말 도덕적으로 성장하기만 하면, 그 목적이 돈이나 개인적인 욕심이라도 괜찮은 걸까? 이 이야기는 독자에게 질문을 던지고 있다. 이 글을 읽고 있는 당신의 생각은 어떠한가? 당신이라면 어떤 선택을 했을까? 떠오르는 의문이 이보다 많을 수 있으니, 수많은 답을 모아도, 한 덩어리가 되지 못할 것을 알고 있다. 그럼에도 물어본다. 답을 미처 뱉지 못하더라도 괜찮다. 이미 그 생각은 찬연하게 빛나고 있기에.

왜 정의와 도덕을 지켜야 할까?

이예진

4월, 봄의 꽃내음을 한아름 안고서 태어난, 유일의 사람이다.
저마다 각자의 모습을 가지고 흘러가는 것들을, 눈에 오롯이 담는 걸 좋아한다.
별이 내비치는 선연한 광휘를 응망하는 것을 좋아한다. 스스로 빛을 뻗어 내게 닿는 것이 좋다.
굽이치는 물결이 스며든 바다의 여러 모습이 좋다. 새벽의 윤슬, 한낮의 태양빛 얼룩, 밤의 음습한 칠흑. 으스러지는 파도와, 흐드러지는 포말도.
세상의 편린을 지나치지 않고, 간극에 흐르는 잔재도 알아챌 수 있는 사람이 되고 싶다.

인간의 끝없는 욕심이 불러온 결과

권하경

「어떤 선물이 좋을까?」는 김동식 작가가 특장점인 사고실험을 통해 극한의 상황에 놓인 인간의 딜레마를 특유의 반전 있는 내용으로 표현한 것이다. 누구도 쉽게 대답할 수 없는 질문과 선택을 하는 인간들의 나약함을 보여주면서 인간들의 욕망도 보여준다. 여러 사람이 욕심 때문에 남들을 비난하면서 자신도 모자라 세계를 파멸로 이끄는 과정을 담은 소설이다.

이 소설에는 '몹시 당황한 여인의 얼굴이 새파래졌지만, 전 세계 사람들은 개의치 않고 얼른 양 손바닥을 모아 내밀었다. "비싼 거 무조건 비싼 거"' 라는 부분이 나온다. 이는 자신에게 필요하지 않아도 무언가 가지기 위해 다른 사람의 기분이 어떤지는 생각하지 않고 비난하는 인간의 욕심을 나타낸다.

'"우와! 금이다!" "으하하하! 드디어 제대로 된 선물이다!" 금의 희소가치는 떨어졌고, 누구도 금을 사지 않았다.'라는 내용을 봤을 때, 소설 속에서 사람들이 비싼 것을 갖길 원해서 결국 비싼 금을 얻었는데 모두 금을 갖고 있으니 금의 가치가 떨어져 결국은 인간에게 쓸모가 없어졌다는 것을 알 수 있다. 이는 어떤 물건이든지 이렇게 모두가 다 가지게 된다면 가치가 떨어진다는 것을 보여주는 동시에, 인간을 욕심을 만족시킬 만한 물건은 아무것도 없다는 것을 나타낸다.

"에이, 마지막인데 받을까? 칼이란 게 실용적이기도 하고." "사람을 죽인 칼은 나름대로 의미가 있어."라는 내용은, 자신의 필요와는 상관이 없음에도 불구하고 '대가없이 공짜로 받는 물건'이라는 이유로 사람들에게 유익하지 않은 물건에 좋은 의미를 부여하여 무엇이라도 얻으려고 하는 인간의 욕심과 그 욕심으로 인해 도덕성을 잃어버린 사람들의 모습을 보여준다.

'곧, 청년은 환하게 웃으며 거대한 손바닥 위로 몸을 날렸다. 사람들에게 자신을 선물한 것이다.'라는 부분은 사람들이 자신의 욕심으로 무엇이라도 소유하기 위해 노력하지만 그 결과로 사람들은 살인자를 얻게 되는 장면이다. 이는 사람들의 지나친 욕심은 잔인한 결과를 초래할 수 있다는 것을 보여준다.

김동식 작가는 지금까지 현실에서는 잘 일어나지 않는 기묘한 상황들을 보여주면서 인간들이 그런 상황에서 어떤지에 대해 나타내는 소설을 많이 썼다. 그래서 이 소설도 사고실험을 통해 극한의 상황에 놓인 인간의 딜레마를 보여주는 것 같다. 극한의 상황에서 인간이 어떤지를 보여주는 것 같다. 이 소설은 사고 실험을 통해 드러나는 사회의 부조리를 보여준다. 사람들을 원망하고 증오하면서 자신이 이익을 얻으려는 인간들의 욕망으로 가득한 사회를 보여준다. 이 사회를 소설에서 비싼 것을 얻기 위해 하늘에 나타난 사람에게 좋은 것을 놓으라며 원망하고 비난하는 사람들로 표현한 것 같다.

이 소설을 보니까 나도 이런 사람들과 다르지 않은 것 같다. 나에게 정말 필요하고 좋은지 따져보지도 않고 가져야겠다는 생각에 갖고 싶었던 것을 구매했다가 결국에는 유행이 지나고 점점 보지 않으면서 쓸모가 없어져 후회했던 경험이 많다. 그래서 소설에 나온 사람들의 모습을 보며 나의 평소 행동을 반성해보게 되었다. 결론적으로 이 소설은 사람들이 도덕적으로 잘못된 행동을 하면서까지 자신의 욕망을 채우려하지만 결국에는 그것 때문에 자신을 잃게 되는 과정을 통해 독자들에게 지나친 욕심에 대한 경각심을 주고자 하는 것 같다.

권하경

나는 길게 영화를 보는 것보다 짧은 영상을 보는 것을 더 좋아한다.
나는 너무 더운 여름보다, 너무 추운 겨울보다 적당하게 쌀쌀한 가을을 더 좋아한다.
나는 발라드를 듣는 것보다 k-pop을 듣는 것을 더 좋아한다.
나는 다 같이 멀리 놀러가는 것보다 만나서 그냥 수다 떠는 것을 더 좋아한다.
나는 웃긴 걸 보면서 웃는 것보다 슬픈 걸 보면서 우는 걸 더 좋아한다.

위대한 한 방

권호승

"만약 당신이 이 볏짚 인형을 찌르기만 한다면 적어도 10만원, 최대 1억까지 획득할 수 있습니다. 그러나 이로 인해 누군가가 다치게 된다면, 그것은 온전히 당신의 책임입니다."

만약 한 노신사가 당신에게 이런 제안을 한다면 당신은 이 믿지 못할 제안을 수락할 것인가? 이 내용은 김동식 작가의 『밸런스 게임』 중 「가해 총량」의 내용이다. 「가해 총량」의 주인공 김남우는 과연 어떤 선택을 했을까. 작가가 우리에게 전달하고자 하는 메시지는 무엇일까. 지금부터 이 소설을 분석하며 그 해답을 찾아보자.

소설 속 김남우는 요즘 꽤 힘든 시기를 보내고 있다. 사회 초년생인 그를 힘들게 하는 것은 바로 돈이 없다는 것. (학자금대출을 아직 갚지 못했고, 카페를 이제 막 새롭게 차렸다는 것을 통해 그가 사회생활을 시작한 지 별로 되지 않았다는 것을 쉽게 추측할 수 있다) 이러한 상황에서 김남우가 가장 필요로 하는 것은? 바로 돈일 것이다. 그 누구보다 돈이 필요하던 김남우는 앞에서 말했던 낯선 노신사의 제안을 받게 되는데, 대꾸도 안 하고 지나칠 것이라는 일반적인 예상과는 다르게 김남우는 이 제안을 쉽게 수락한다. 남우가 이 제안을 수락한 이유는 첫째, 돈이 급해서. 그리고 둘째, 이미 인터넷 커뮤니티에서 노신사에 대한 소문을 들었기 때문이다. 예를 들어보자. 리뷰를 보고 사는 제품과 처음 사는 제품 중 어느 것이 더 믿을 만하다고 느껴지는가? 당연히 리뷰를 보고 산 제품일 것이다. 이렇듯 사람들은 어떤 것에 대한 소문을 한번 들으면 진실 여부와는 상관없이 믿음을 주는 경향이 있고, 이러한 효과가 김남우의 수락에 영향을 주었으리라 예상할 수 있다. 그 후 김남우는 노신사가 건넨 볏짚 인형을 찌른 후 노신사로부터 사람들마다 각자의 '가해 총량'이 존재한다는 사실을 듣게 된다. 가해 총량? 이 난해한 단어는 도대체 무엇일까. 나는 '가해 총량'이 잘못된 행동을 저질렀을 때 얻게 되는 결과를 비유적으로 나타낸 것이라고 생각한다. 연쇄 살인범이 늦게 잡히는 이유는 단지 범행 수법이 남들보다 치밀하고 교묘한 것 때문이고, 착한 사람이라고 범죄를 저지르지 말라는 법은 없다. 그러나 그들은 결국 그들의 행동에 대한 처벌을 받고 후회를 느끼며, '가해 총량'이 다한 김남우 또한 같은 결과를 얻었다. 그렇기에 '가해 총량'은 잘못된 행동의 한계를 나타내고, 뒤늦게 나타나는 후회를 비유적으로 표현한다고 예상할 수 있다. 그리고 지금까지의 내용을 종합해 본다면 「가해 총량」은 사회 초년생이 겪을 수 있는 금전적 어려움과 한 방을 노리는 사람들, 그리고 잘못된 선택을 했을 시 따라오는 결과에 대해 말해주고 있다고 할 수 있다.

이 소설을 읽다 보면 볏짚 인형을 찌른 사람들이 한두 명이 아니라는 사실을 알 수 있다. 실제로 이 소설이 쓰인 2021년은 젊은 사회 초년생들에게 집값 문제, 취업 문제, 학자금 문제 등 여러 가지 경제적 어려움이 닥치게 된 시대이며, 주식과 비트코인 등 일명 '일확천금'을 노릴 방법이 새롭게 등장하기도 하였다. 이러한 시대적 근거를 바탕으로 수많은 사람이 볏짚 인형을 찌르는 행위에는 현대사회의 일확천금을 노리는 경제적으로 어려운 사회 초년생들의 모습이 녹아있다고 볼 수 있다.

그리고 이 소설의 마지막에서 김남우와 마찬가지로 볏짚 인형을 찌른 '삽살개'라는 유저는 자신의 이전에 그 인형을 찌른 유저로부터 인터넷을 통해 그가 자신으로 인해 피해를 보았다는 사실과 보복에 대한 협박을 받고, 김남우로 인해 자신 또한 피해를 받게 된 '삽살개'는 결국 김남우를 보복하기에까지 이른다. 우리는 이 부분을 통해 우리가 사는 세상 속 인터넷의 위험성과 범죄의 연속성을 느낄 수 있다. 실제 사례로, 이 소설이 지어지기 얼마 전인 2010~2020년도에 벌어진 'n번방 사건'은 범죄 대부분이 인터넷을 통해 일어났으며 한 명의 가해자가 한 명의 피해자를 만드는 것이 아닌 여러 사람을 통해 끊임없이 범죄를 일으키는 범죄의 연속성을 보였다. 인터넷을 통해 일어난 'n번방 사건'과 인터넷 커뮤니티를 중심으로 모인 볏짚 인형을 찌른 사람들, 'n번방 사건'에서 끊임없이 발생했던 피해와 볏짚 인형을 찌른 사람들의 이어진 보복. 현대사회와 이 소설이 놀랍도록 비슷하지 않은가? 어쩌면 김동식 작가는 이러한 시대적 문제를 소설에 반영함으로써 우리에게 인터넷 사회를 살아가며 조심해야 할 사실들을 알려주고자 하지 않았을까?

옛말에 "백문이 불여일견"이라는 말이 있다. 백 번 듣는 것보다 한번 보는 것이 더 중요하다는 뜻인데, 김동식 작가도 본인이 사회 초년생의 고충을 직접 겪어보지 않았다면 이러한 내용을 소설 속에 녹여내지 못했을 것이다. 김동식 작가는 성남에서 태어나 부산에서 어린 시절을 보내고, 성인이 되자마자 대구에서 기술을 배운 뒤 서울의 주물 공장에서 일하였다. 작가는 이러한 경험을 통해 금전적 어려움과 여러 가지 정확하지 않은 정보로 인한 유혹, 내적 갈등 또한 느껴보았을 것이다. 그렇기에, 이러한 김동식 작가의 고난과 경험이 「가해 총량」의 내용에 그대로 녹아있다고 볼 수 있다.

위대한 한 방. 「가해 총량」에 가장 잘 어울리는 말이다.

볏짚 인형을 찌르는 행위는 찌른 자에게 일확천금을 안겨줄 수 있다는 점에서 참으로 위대하지 않을 수 없다. 돈 쓸 일은 많은데 벌기는 힘든 사회 초년생 시기, 누구나 한 번쯤은 "위대한 한 방"을 통한 신분 상승을 꿈꿨을 것이다. 그러나 이 소설에서 보여주듯, "위대한 한 방"에는 항상 책임이 따르며, 그 한 방이 위험하고 잘못된 방법이라면 후폭풍은 더욱 커지게 된다. 김동식 작가는 사회 초년생의 어려움을 직접 겪어본 사람으로서, 위험한 유혹이 온다고 하더라도 신중하고 확실한 선택을 해야 하고, 이를 통해 어떠한 잘못된 환경에도 흔들리지 않는 강한 어른이 되라는 말을 우리에게, 또 많은 사회 초년생들에게 전하고자 했을 것이다.

권호승

혼자서 자유를 느끼는 것을 좋아한다.
SF보다 역사 영화를 더 좋아한다.
완벽함보다 인간적인 모습을 좋아한다.
1%의 가능성을 가지고 노력하는 것을 좋아한다.
예측 불가능한 삶을 더 좋아한다.

당신은 SNS를 어떻게 사용하고 있습니까?

김은서

우리는 SNS를 어떻게 사용하고 있을까? SNS를 사용하면서 다른 사람에게 상처를 주는 일은 전혀 없었을까? 김동식의 『밸런스 게임』 중 「죽은 딸이 살아있다는 메일」은 우리가 SNS를 사용할 때 위험성을 알려주는 소설인 것 같다. 이 단편 소설은 주인공이 상대방이랑 메시지를 주고받으면서 일어나는 사건들을 묘사하여 읽을 때 더 흥미를 가지고 몰입하면서 볼 수 있다. 우리가 가장 많이 접하고 있는 SNS를 주제로 하여 이 작품을 더 인상 깊게 읽을 수 있었다.

이 소설은 홍혜화 교수의 딸이 죽었는데 누군지 모르는

한 여성으로부터 메시지가 오면서 시작된다. 메일을 통해 이 여성은 자기가 홍혜화 교수의 딸을 유괴했고 사실 딸은 살아 있다는 내용의 메시지를 보낸다. 이런 종류의 메시지가 오가면서 홍혜화 교수는 이 의문의 한 여성이 보낸 메시지가 홍혜화 교수한테 좋은 영향을 끼치지 못한다.

왜냐하면 홍혜화 교수는 메일을 보면서 점점 분노에 사로잡히면서 일상이 점점 무너지는 것을 알 수 있다. 또한 "그녀는 자기도 모르게 사진 속 얼굴을 유심히 살피고 있었다."라는 문장을 보아 홍혜화 교수는 아직 딸이 살아있다고 믿고 싶어 하면서 점점 더 혼란을 느끼는 것처럼 보인다. 그래서 더욱 자신의 일상을 유지하지 못한다. 마지막으로 홍혜화가 보낸 수많은 메일 대부분의 내용이 "제 딸이 맞는지 어떻게 알죠? 확인시켜 주세요"와 같은 것으로 보아 홍혜화 교수는 메일을 보낸 사람이 데리고 있는, 자기 딸이라고 주장하는 그 여자가 자기 딸인지 아닌지 확인하는 것에 집착이 생긴 것 같다. 따라서 홍혜화 교수가 분노하고 이 메일에 대해 신경을 많이 쓰고 있고, 홍혜화 교수에게 이 부분은 일상이 무너질 정도로 좋지 않은 영향을 끼치고 있다.

이 소설은 "그녀에게로 익명의 메일이 도착했다."라는 문장으로 시작하고 있어서 우리가 흔히 접하는 메신저, SNS를 소재로 사건이 펼쳐지고 있다는 것을 알 수 있다. 요즘 SNS에서 익명성을 이용해 얼굴도 모른 채 상대와 대화를 하다가 비속어를 듣게 되면서 힘들어하는 사람들이 있다. 그리고 동영상이나 사진에 많은 악플이 게시되어 많은 연예인이 힘들어하거나 심지어 자살하는 경우도 있다. 이 소설도 누군지도 모르는 한 여성으로부터 메시지가 와서 홍혜화 교수를 힘들게 만들고 SNS 하나로 범죄까지 일으킨 것으로 보아 현재 사회가 SNS의 익명성으로 인해 많은 고통과 상처를 일으킨다는 것을 직접적으로 보여준다. 이로써 이 소설이 현재 사회의 SNS 사용의 문제점을 비판하고 있다는 것을 알 수 있다.

이 단편 소설은 "홍혜화가 메일을 보고 황급히 뛰어갔다."라는 문장을 보아 한 메시지가 사람을 다급하게 만들 수 있다는 것을 보여준다. 따라서 우리가 SNS 사용할 때 이렇게 다급해지면 위험해진다는 점을 보여주어 독자들에게 경고의 메시지를 날린다. 우리는 이 소설을 읽고 SNS를 사용할 때 더욱 안전하게 사용할 수 있다. 또한 나 자신은 SNS를 사용할 때 상대방에게 상처를 주지 않았는지 되돌아보게 된다. 그리고 상대방의 반응을 한 번 더 생각하고 신중히 보낼 수 있게 된다. 따라서 이 소설을 읽고 나면 우리가 SNS를 사용할 때 더욱 안전하고 신중하게 사용할 수 있게 된다.

「죽은 딸이 살아있다는 메일」은 현재 사회의 SNS가 우리와 가장 많이 접하는 것과 그만큼 많은 범죄가 일어나는 것을 보여주고 있다. 이 소설은 SNS 상에서 일어나는 문제점을 적나라하게 보여주어 우리가 SNS의 사용을 되돌아보고 성찰하는 데 계기를 마련해준다. 또한 우리가 SNS를 사용할 때 안전하고 상대방의 반응을 생각하고 보낼 수 있도록 도와준다. 따라서 이 소설을 본 독자들은 SNS를 사용할 때 상처를 준 적이 없는지 되돌아보면서 올바른 방법으로 SNS를 사용했으면 좋겠다.

김은서

내가 태어난 해인 2007년에는 대기업 회장의 보복 폭행 사건 등이 있었다.
이때에는 김리원, 이서, 정동원 이라는 유명 연예인이 태어났다.
이때 특히 힘들 때 웃으면서 극복해 내어 지금은 습관이 되어 웃는 게 일상이 되는 성격을 가졌다.

우리가 도덕성을 지켜야 할 이유는 무엇인가?

강주영

내가 이번 기회에 새로 읽게 된 단편 소설의 제목은 「돈 나오는 버튼을 누를 것인가」이다. 그 내용을 간략하게 설명해 보자면, 맨 첫 페이지에서 주인공의 부모는 주인공에게 이렇게 말한다. "오로지 착하고 바르게 살아라, 남에게 피해를 주면 안 된다." 그러한 부모의 말 덕분인지 주인공은 착하고 남에게 피해를 주지 않는 성격으로 자랐다. 그런 주인공이 열아홉 살이 되었을 때, 본격적인 사건이 일어난다. 주인공은 열아홉 살이 되었을 때, 납치당하고 만다. 주인공이 눈을 뜬 곳은 사람들이 북적이는 넓은 실내로, 납치라는 단어에는 어울리지 않는 곳이었다. 그곳에서 어떤 여자가 주인공에게 태연하게 통보하였다. "질서 있게 저 사람들을 따라 줄을 서 달라." 어쩌면 자신을 납치하였을지도 모를 여자의 요청에 주인공은 순순히 따랐다. 곧 대기 줄이 모두 끝나고 주인공의 차례가 되었을 때, 주인공이 다다른 곳에는 어떤 노인 한 명과 버튼 한 개가 존재하고 있었다. 그곳에서 멀끔한 모습의 노인이 제안한다. "버튼을 누르면 사람이 죽지만 자네는 100만 원을 받는 다네. 할 텐가?" 평생 도덕을 가르침 받았던 주인공이 거절하자, 노인은 계속해서 금액을 올렸고 주인공이 번번이 거절했다. 마지막에 노인이 다시 말한다. "20억이라면 누르겠는가?" 주인공은 버튼을 누르고 도망치듯 그곳을 빠져나온다. 밖으로 나오니 기이하게도 부모님이 주인공을 기다리고 있었다. 곧 주인공이 진실을 깨닫고 혼란스러워하며 이야기가 끝이 난다.

이 짧은 단편 소설은 우리에게 수많은 의미를 전달하는 동시에, 사회에 대한 풍자까지 담아내고 있다. 먼저, 이 소설이 우리에게 전하고자 하는 바이자 작품의 주제는 아마 '옳지 않은 의도로 도덕성을 지켰을 때, 그것은 정녕 도덕적인가?'일 것이다. 그렇다면 이 이야기를 읽은 독자에게는 두 가지 선택지가 주어진다. "결과가 중요하다", 혹은 "과정(의도)이 중요하다" 정도가 될 것이다.

나는 여태까지 일을 수행하는 과정보다는 무조건 결과가 중요하다고 생각했다. 하지만 이 단편 소설을 읽고 나의 생각은 완전히 바뀌었다. 평생 '도덕적'인 것만 배워왔던 주인공은 자신이 납치된 상황에 의문만 가질 뿐 아무런 반항조차 하지 않는 모습은 가히 충격적이었으니까 말이다. '도덕적'인 것만 배워 그것을 제외하고는 행하지 못하게 된 주인공과 주인공이 배운 교육방식의 오류에 결과만 생각했던 나는 뒤통수를 얻어맞은 것처럼 머리가 띵했다. 아무것도 묻지도 따지지도 않고 공중도덕을 지키고 어떻게든 도덕적으로 행동하는 주인공을 보면서 결과적으로 도덕적인 행동만 하면 된다고 생각했던 내가 잘못 생각한 것은 아닌지 의심이 들기 시작한 것이다. 따라서 나는 이 단편 소설을 읽고 그 어떤 주장도 절대적인 동의를 얻어낼 수 없으며 절대적으로 옳지는 않다는 사실을 깨달았다. 내가 분명하다고 말할 수 있는 사실은 이것뿐이다. 그리고 독자에게 어떠한 숨은 선택지를 주는 이 단편 소설이 꽤 훌륭하다고 말할 수 있다.

소설을 한 줄로 요약하면 '물질적인 이익을 추구하여 인간의 도덕성을 지킨다'라고 할 수 있다. 상반된 두 문장이 어우러져 오히려 이질적이었던 숨겨진 의미를 드러내고 있다. 그리고 그것은 독자가 인간이 도덕성을 지켜야 하는 이유에 대해서 다시 생각해보게 만든다. "우리는 왜 도덕적으로 살아야 하는가?"에 대한 답은 아무도 해줄 수가 없을 것이다. 설령 그 대답을 듣더라도 만족스럽지 않을 것이고 말이다. "왜 아무도 해줄 수 없는가?"라고 다시 되묻는다면 그에 대한 대답은 할 수 있겠다. 그것이 당연하니까. 도덕이란 참 심오하면서도 이상한 것이다. 다수의 편에 서서 말하여도, 소수의 편에 서서 말하여도 절대적인 선이 될 수 없다. 개개인이 추구하며 사고하는 도덕의 기준과 덕목은 개인이 원하는 것에 따라 수만 가지로 갈라지기에, 도덕이란 가장 정의하기 어려운 학문이다. 인간은 왜 도덕성을 지켜야 하는가? 앞으로 수많은 사람이 그것에 대해 고민할 것이다.

『밸런스 게임』에 포함된 22개의 이야기 중, 내가 읽은 것은 고작 하나이다. 하지만 나는 이 하나의 이야기만으로 효용론적, 절대론적 관점을 활용하여 느낀 점과 작품 속의 이야기를 서술했고 그 과정은 절대 지겹지 않았다. 또한 작품 속에 담겨있는 또 하나의 사고방식과 생각을 이해해보는 즐거움, 그 사고방식을 하나하나 쪼개어 보는 데에서 나오는 즐거움에 지루함이 없었다.

강주영

내가 태어난 2007년에는 돼지 번지점프 사건, 제 2차 남북정상회담, 김포외고 입학 전형 문제 유출 사건 같은 사건이 있었고, 문화면에서는 국내에서 나온 가요인 다시 만난 세계(소녀시대), 황진이(박상철), 비행소녀(마골피) 같은 유명 가요들이 눈길을 끌었다. 그 해에 마침 이서(아이브), 리원(클라씨) 등의 유명인이 태어났고 특히 탈레반 한국인 납치 사건 같은 일이 일어났으니 아무래도 이때의 기운이 모인 결과 나의 성격 중에서 사람을 쉽게 신뢰하지 못하는 점이 형성된 듯하다. 뿐만 아니라 석유 분쟁을 끝낸 러시아와 벨라루스가 이번에는 설탕 분쟁에 휘말린 일 또한 특별히 기록해 두고 싶다. 특히 거짓말(빅뱅), Tell me(원더걸스), 유혹의 소나타(아이비) 같은 곡들이 유행가로 울려 퍼지고, 그 해에 "지못미"라는 유행어가 인기를 끌었다고 하니 내가 가진 객관화에 지배당한 나의 유니크한 분위기에 영향을 끼쳤을 만하다.

인간의 양심과 도덕성

김지우

김동식 작가의 소설집 『밸런스 게임』 중 「그녀는 아들을 죽였는가, 죽이지 않았는가」는 한 모자가 놀이공원에서 대관람차를 타다가 불의의 사고로 아들이 사망하고 이에 대해 아이의 사망 사유가 아이의 엄마 때문이라고 나오면서 보상을 해야 하는 회사와 엄마 사이에 문제가 발생하는 이야기이다. 처음 이 책을 고른 이유는 단순히 재미있어 보여서 골랐지만 이 단편 소설뿐만 아니라 『밸런스 게임』에 들어있는 다른 단편 소설도 가볍게 지나칠 수 있는 문제들을 깊이 있고 몰입감 있게 풀어낸 것 같다.

그중에서도 이 작품은 단편 소설의 제목처럼 그녀가 아들을 죽였는지 죽이지 않았는지에 관한 내용이지만 소설이 끝날 때까지 명확한 답을 제시하지는 않는다. 하지만 끝부분에 그녀가 아이가 죽었을 원인으로 의심되는 가방끈을 가지고 있었다는 사실이 나타난다. 이 사실로 나는 그녀가 아이를 죽이지 않았을 것이라는 생각이 들었다. 왜냐하면 만약 자신이 가방끈으로 아이를 죽였다면 증거가 될 만한 위험한 물건을 없애는 것이 우선일 텐데 회사 사람이 찾아올 때까지 가방끈을 가지고 있었다는 것은 그녀가 아이를 죽이지 않았다는 것을 나타내는 단서일지도 모른다고 생각한다.

그리고 이 소설이 지어진 2021년에는 정인이 사건의 재판이 열리는 등 아동 학대와 관련된 사건들이 자주 일어난 해였다. 이러한 시대적 배경을 생각해보면 소설 속 아이의 엄마가 아이를 실제로 죽인 것이라 가정해 볼 수 있고 회사의 직원이 7억 원과 30억 원 중 선택하라며 당신의 아이는 이미 죽었다고 한 말이 나에게는 당신이 잘못한 것을 알릴 사람은 없으니 조용히 돈을 받고 넘어가자는 무언의 압박같이 느껴졌다.

마지막으로 이 소설을 읽고 독자가 살아온 삶에 따라 소설이 다양하게 해석될 수 있다는 생각이 들었다. 이 소설을 읽고 나는 인간의 양심과 도덕성에 대하여 생각해 보게 되었다. 먼저 아이의 엄마가 아이를 죽였을 때 양심적인 사람이라면 자신이 아이를 죽인 죄를 뉘우치고 사실을 말하며 사죄했겠지만 아이의 엄마가 비양심적인 사람이라면 사고가 일어난 기업에서 돈을 줄 때 30억을 받았을 것이다.

그리고 아이를 엄마가 죽이지 않았다면 이제는 기업의 양심에 대하여 이야기해 볼 수 있다. 아이가 온전히 놀이공원에서 일어난 사고 때문에 죽었다면 기업의 책임인데 아이의 엄마를 이용하여 놀이공원의 이미지를 지키는 것이 비양심적이고 비도덕적인 행동이라고 생각되었다. 또한 유가족을 위로하여 진심으로 사과하지는 못할망정 유가족에게 아이는 이미 죽었다며 7억과 30억 중 선택하라고 하는 장면을 통해 회사가 비도덕적으로 생각되었다. 이 소설을 통해 자신은 양심적으로 살아왔는지 진정한 도덕성이란 무엇인지 생각해 볼 수 있는 것 같다.

김지우

내가 태어난 해인 2007년에는 제2차 남북정상회담, 샘물교회 선교단 아프가니스탄 피랍사건, 태안 앞바다 기름 유출사고 같은 굵직한 사건이 있었고 문화면에서는 무한도전이 본격적으로 상승세를 타고 1박2일이 등장했으며 SBS 연예대상이 신설되며 지상파 3사 모두 연예대상을 동시에 진행하게 된 일이 눈길을 끌었다. 특히 2세대 걸그룹인 원더걸스, 카라, 소녀시대가 한꺼번에 데뷔한 일도 있었으니 아무래도 이때의 기운이 모인 결과 나의 성격 중에서 노래를 즐겨듣는 취미가 형성된 듯하다.

내일 말할 진실

· 정은숙

7편의 단편을 엮은 소설집. 우정, 진로, 스쿨 미투, 가족의 상실, 학교 폭력, 양심에 따른 병역 거부 문제 등 주변에서 청소년들이 쉽게 접할 수 있는 소재부터 사회 문제까지 다루고 있는 청소년 소설이다.

내가 가고자 하는 길이 맞는 것일까? 현지윤

『내일 말할 진실』이라는 책은 정은숙 작가가 쓴 소설집이다. 이 책에는 「내일 말할 진실」, 「빛나는 흔적」, 「손바닥만큼의 평화」, 「버티고(vertigo)」, 「영재는 영재다」, 「경우의 사랑」, 「그날 밤에 생긴 일」이 수록되어 있다. 나는 이 중에서 「영재는 영재다」에 대해 읽었다. 그 이유는 책 제목과 앞부분 내용이 재미있어 보였기 때문이다.

「영재는 영재다」의 주인공은 영재이다. 영재는 일을 하다 다친 아버지를 대신하여 이삿짐을 나르는 일을 하는 중이다. 영재는 공부를 정말 못 하는데 아버지가 다치신 후 하게 된 이삿짐을 나르는 일이 적성에 맞고 재미있다. 하지만 부모님과 선생님께서는 대학에 가야 한다며 공부하라고 한다. 영재는 선생님과 상담 후 교무실 옆에 붙어있는 국민 교육 헌장 '성실한 마음과 튼튼한 몸으로, 학문과 기술을 배우고 익히며, 타고난 저마다의 소질을 개발하고, 우리의 처지를 약진의 발판으로 삼아, 창조의 힘과 개척의 정신을 기른다.'를 보고 마음에 걸리는 것이 있다. 그리고 왜 공부해야 하는지 고민한다. 그러던 참에 학창 시절 공부를 잘했던 누나는 취업에 성공하지 못하고 "근데 저를 필요로 하는 데가 어떻게 한 군데도 없어요? 제가 그렇게 쓸모없는 사람이에요?"라고 말했다. 그날 이후 부모님의 생각은 달라졌나 보다. 영재가 하고 싶은 일을 하게 해주었다. 이 책에서는 공부를 무조건 해야 하는 것이 아닌 자기 적성을 찾아가는 것이 맞다고 주장하는 듯하다.

이 책을 쓴 정은숙 작가는 『내일 말할 진실』이라는 책을 쓴 계기는 자신이 겪은 일들과 아이를 직접 키우며 직면하게 된 문제들도 있어서 청소년 문제에 관심을 가졌기 때문이라고 한다. 그래서 친구와의 우정, 진로 등 청소년이라면 누구나 공감할 법한 고민부터 스쿨 미투, 양심에 따른 병역 거부 문제 등과 같은 묵직한 주제로 글을 쓴 것 같다. 그중 「영재는 영재다」는 자기 딸을 생각하며 글을 쓴 것 같다. 정은숙 작가의 딸이 공부를 참 못하여 예체능(피아노, 바이올린, 댄스 등)을 가르쳤는데 시간이 지나고 보니 강요하는 엄마가 되어 있었다고 한다. 그리고 작가는 한 인터뷰에서 이 책은 사교육 포기 에세이라고 했다. 어떤 책에서 '부모가 걱정하는 것보다 아이는 잘 산다.'라는 구절을 읽고 삶의 기준을 바꾸면 행복해진다고 생각하게 되었다고 한다. 이 책에서는 '어떻게 해야 이름값을 하는지 모르겠지만 아직 영재는 이삿짐센터 일이 좋았다.'라는 문장에서 그 생각이 잘 드러나 있는 것 같다.

「영재는 영재다」는 꿈을 찾아가고 있는 학생들과 부모님이 읽으면 참 좋겠다는 생각이 든다. 그 이유는 교무실 옆에 있던 국민 교육 헌장 '성실한 마음과 튼튼한 몸으로, 학문과 기술을 배우고 익히며, 타고난 저마다의 소질을 개발하고, 우리의 처지를 약진의 발판으로 삼아, 창조의 힘과 개척의 정신을 기른다.'에서, 학생들은 이 구절을 읽고 공부가 아닌 자기 적성에 무엇이 맞는지 찾게 될 것이기 때문이다. 그리고 부모들은 자기 자식의 적성과 흥미가 무엇인지 관심을 두며 자식들과 더 가까워질 수도 있을 것이다. 또한 아직 찾지 못하였다면 찾는 것을 도와줄 것이다.

그리고 누나가 한 말 '저 어렸을 때부터 공부만 했어요. 열심히 노력하면 다 된다고 해서, 그 말만 믿고 책만 팠잖아요. 근데 저를 필요로 하는 데가 어떻게 한 군데도 없어요? 제가 그렇게 쓸모없는 사람이에요?'에서 학생들은 자신이 포기하지 않을 수 있고 끈기 있게 할 수 있는 일이 무엇인지 찾게 될 것이다. 부모님들은 꼭 공부하라는 말이 아닌 적성과 흥미를 찾으라고 말해 줄 수 있을 것이다.

이 책에서는 굳이 공부해서 높은 성적을 받고 좋은 대학에 가야 한다고 보기보다는 자기 적성과 흥미를 찾는 것이 핵심인 것 같다. 이 책을 읽고 학생들은 자신의 흥미와 적성을 찾는 시간이 될 수 있고, 부모들은 자식들에게 관심을 가지며 좋은 사이가 될 수 있을 것이다. 이 책은 청소년 시기에 한 번쯤 읽어보면 좋은 책인 것 같다.

현지윤

영화보다 드라마를 더 좋아한다.

예외적인 것보다 보편적인 것을 더 좋아한다.

시간에 딱 맞게 가는 것을 더 좋아한다.

섣불리 약속잡지 않는 것을 더 좋아한다.

밖에서 노는 것보다 집에서 노는 것을 더 좋아한다.

봄보다 가을을 더 좋아한다.

자연보다 도시를 더 좋아한다.

자유보다 규율이 있는 것을 더 좋아한다.

만일에 대비해 준비하는 것을 더 좋아한다.

말을 하는 것보다 듣는 것을 더 좋아한다.

거짓뿐만인 세계

이현준

내가 선택한 책은 「내일 말할 진실」이라는 단편 소설이다. 내가 이 책을 선택한 이유는 나와 비슷한 세대에 관해 이야기하는 내용인 것 같고 내가 공감하기에 적당하고 재밌을 것 같다고 생각하여 이 책을 선정하였다.

이 책은 세아, 예주, 임 선생, 학교 친구들을 중심으로 내용을 이어 나간다. 세아는 편의점 알바생이며 고모의 집이 얹혀사는 입장이다. 세아는 어느 날 생리대가 부족하여 학교 사물함에 생리대를 넣은 기억이 나서 학교에 갔다가 임 선생과 상담하게 되고 그 후로 예주와 임 선생 사이의 성폭행 사건에 휘말리게 된다. 예주의 계속된 거짓말이냐 임 선생의 계속된 거짓말이냐를 두고 사건이 전개된다. 결국 임 선생의 승리로 끝나지만 진실이란 아무도 모르고 그저 찝찝함만을 남기며 소설은 끝이 난다.

현재 우리 세대에는 누군가를 멸시하거나 그 사람이 잘못되기를 바라면서 거짓말을 퍼뜨리는 사람이 많다. 특히 예전과는 달리 요즘 같은 시대에 SNS를 통해 순식간에 거짓과 잘못된 사실을 퍼뜨리는 것은 아주 쉽다. 이 작품은 이런 시대에 SNS를 통해 거짓이 진실을 덮어버리는 시대적 상황을 비판한 것이 아닐까 생각한다. 또, 나는 이 작품에서 SNS를 사용하는 모습을 보고 우리 세대와 비슷한 나이가 아닐까 생각한다. 이 작품이 우리 세대와 비슷한 세대라는 것을 알고 보면 이 작품이 비판하려고 하는 바가 더 잘 보였던 것 같다.

그리고 이 작품 속의 등장인물 중 하나로 관찰하는 입장이 되어 사건이 발생하고 사건을 해결해 나가는 과정을 보여주고 있다. 1인칭 관찰자 시점이 되어 임 선생과 예주 둘 모두에게 관련이 되어 진실을 찾아내고자 한다. 이 작품은 진실이 거짓에 뒤덮여 밝혀지지 못하는 모순을 비판하고자 하는 소설 같다.

그리고 이 작품을 읽고 나는 이 세상에 진실이란 어디에 있는가 생각해 보았다. 임 선생과 예주 둘 중 누군가 거짓말을 하고 있는데 사람들은 근거 없는 말들만을 듣고 계속해서 그 말만을 믿고 판단하는 것을 보고 사람들은 믿고 싶은 것만을 믿는 것은 아닌지, 진실이 있긴 한 것인지 고민하게 되었다. 이 작품을 보고 다른 독자들은 근거 없는 말들만을 믿는 작품 속의 사람들을 보고 답답했을 수도 있을 것이고 거짓만이 있는 세계에 좋지 못한 감정을 느꼈을 것이라고 생각한다.

마지막으로 작가의 말 중에서 "나는 아직 불가해한 세상을 이해하지 못한다. 하지만 받아들이기로 했다. 불행했던 어제와 불확실한 내일 사이에서 힘들고 아픈 '오늘'을 꿋꿋하게 살아가기로 했다."에 이 작품의 내용이 고스란히 담겨 있다고 생각했다. 이 세상에 진실이란 없고 거짓말뿐인 이 불가해한 세상 속에서 살아갈 수밖에 없는 우리를 말하고 있는 게 아닐까 생각한다.

나는 이 소설을 읽고 내가 살아가고 있는 삶에 대해서 다시 생각해 보았고 내가 해 왔던 거짓말들에 대하여 반성하게 되었다.

이현준

2007년에 태어난 나는 가을과 겨울 사이 겨울이 왔음을 알리는 차가운 바람과 떨어져 있는 낙엽들을 좋아한다. 그리고 말 안 듣는 동생을 싫어하고 친구들과 수다 떠는 것을 좋아한다. 여름에 반팔 입는 것보다 겨울에 패딩 입는 것을 더 좋아한다.

아무도 모르는 작은 마트료시카 인형 정정아

『내일 말할 진실』을 읽었다. 표지만 봤을 때는 가벼운 느낌이 들었었고, 읽고 난 후에는 열린 결말에 생각이 많아졌다. 이 책을 더 이해하고 싶어서 나는 작가의 말을 보았다.

작가의 말에는 이 단편 소설집에 '불가해한 세상에 외치는 작은 목소리들이 담겼다'고 적혀 있다. 이 소설집의 소설 중 내가 보았던 「내일 말할 진실」에는 아무도 믿어주지 않는 성추행 사건의 진실을 주장하는 소녀의 이야기가 주된 내용이었다. 그 소녀는 성추행 사건에 대한 결백한 진실을 주장했다. 소녀의 편이었던 사람들이 점점 돌아서기 시작했지만 그런데도 소녀는 계속 진실을 주장했다. 성추행범으로 몰린 임 선생은 자신이 결백하다고 주장했고, 평소에 임 선생을 믿었던 주인공도 임 선생을 믿었다. 하지만 점점 가면 갈수록 주인공은 자신이 믿은 진실에 의심이 갔고 그렇게 소설은 끝이 났다.

작가는 '귀 기울이지 않으면 들을 수 없는 목소리를 이 책에 담았다'고 한다. 이 책에 담은 이후 선량한 이들에게 닥치는 불행과 세상이 바뀌지 않았음에 작가는 울었다고도 했다. 이 책에서 작가는 우리에게 선량한 사람에게 닥치는 불행에 세상이 바뀌어야 한다는 것을 보여주는 것과 동시에 현실은 그렇지 않다는 것도 함께 보여주고 있다.

책의 35쪽 마지막 페이지에 "사람의 진심은 어디쯤 숨어 있는 걸까 의문이 들었다."와 "다정하게 격려하고 응원했던 임 선생의 모습이 거짓이라고 느낄 수는 없었다. 다만 조르르 늘어놓은 마트료시카 인형을 볼 때면, 오래전 제일 작은 인형을 쓰다듬으며 외삼촌의 진심을 믿었던 엄마처럼 혹시 나도 안쪽에 숨어 있는 마트료시카 인형을 까맣게 모른 채 듬직하게 우뚝 선 제일 큰 인형만을 보면서 오해한 건 아닐까 하는 불안한 마음도 생겼다 오늘 내가 본 진실이 내일도 모레도 여전히 유효하게 반짝일 수 있을까 회의도 들었다." 라는 구절을 보고 눈으로 보지도 않은 것을 믿지 말아야겠다는 생각이 들었다 눈으로 볼 수 없는 것은 형태가 없는 것을 믿는 것과 같기 때문이다. 평소에 나는 감으로 판단하고 의심할 때가 많았었는데 저 문장들을 보고 그러지 말아야겠다는 생각이 들었다. 그리고 책에서 사람들의 여론이 이랬다 저랬다 하는 것을 보고 평소에 정확하지 않은 기사를 보고 허울 좋은 거짓을 믿고 단정을 짓는 내 모습을 반성하게 되었다.

처음에 책을 골랐을 때에는 내용이 간단하고 쉬울 것 같아서 고른 책이었지만, 막상 읽어보니 어쩔 수 없는 현실의 비참함과 그 비참함을 바꾸려고 노력해야 한다는 것, 그리고 읽고 난 후 나 자신을 돌아보는 시간도 가졌다. 사실 책을 받았을 때 『밸런스 게임』 할 걸 후회도 했었지만 읽고 난 후에는 오히려 이 책을 고르기 잘했다는 생각이 들었다 재미도 있었고 깨달음과 많은 생각을 하게 만들어준 책인 것 같다.

정정아

길을 걸을 때 평소라면 그냥 지나칠 길거리 풍경들을 느긋하게 감상하는 것을 좋아한다.
사실 무언가를 열심히 할 때 열심히 하는 내 모습이 좋아서 더 열심히 한다.
나는 상상력이 엄청 풍부하고 상상하는 것을 정말 좋아해서 가끔 상상을 하다가 중요한 걸 놓칠 때가 종종 있다.
나는 변덕이 정말 정말 심한 편이다.
특별하고 독특한 것을 아주 아주 좋아한다.

강요된 공부가 아닌 진짜 재능

이수연

『내일 말할 진실』의 「영재는 영재다」는 현재 학생들의 공부에 대한 이야기입니다. 이름이 '영재'인 학생이 주인공으로, 도입부에는 가정사로 영재가 가장이 되어 이삿짐 옮기는 일을 하게 되고, 그로 인해 성적이 크게 떨어지면서 시작합니다. 그러면서 담임 선생님께 혼나고 부모님께도 공부하라는 잔소리를 듣습니다. 그날 저녁 영재와 달리 공부를 잘했던 영재의 누나가 술에 만취한 상태로 공부를 잘했던 과거와 달리 취업을 못 하는 현실에 슬퍼하고, 공부만 하면 다 잘 되는 것이 아니라고 대성통곡을 합니다. 그 사건을 계기로 부모님께서도 영재에게 공부를 강요하는 것이 줄었고, 영재는 자신의 특기를 살릴 수 있는 이삿짐 나르는 일을 찝찝한 마음 없이 할 수 있게 되는 내용입니다.

작품의 앞부분에는 영재가 이삿짐 옮기는 일에 재능이 있다는 내용, 공부를 못한다는 내용을 보여주며 공부보단 몸을 잘 쓰는 영재의 성향과 공부를 못 하는 학생들 축에 끼는 학교에서의 위치를 알 수 있게 합니다. 그리고 소설에서 가장 중요한 부분인 절정에서는 공부를 잘해야 성공할 수 있다는 담임선생님의 말을 보여주면서 그것과 동시에 공부를 잘했던 영재의 누나가 초라한 지금 모습에 슬퍼하고, 공부만이 정답이 아니라고 대성통곡하는 부분을 보여줌으로써 공부를 잘하면 무조건 성공할 수 있는 것이 아니라는 것을 강조하는 표현을 하고 있습니다. 결말로 영재가 공부만이 답이 아니며 사람마다 각자의 타고난 소질이 다르다는 것을 깨닫게 됩니다. 그 부분에서 작가가 독자에게 하고픈 말을 간접적으로 드러냅니다. 작품만 본다면 '공부도 사람들이 가진 재능 중 하나일 뿐이고, 사람마다 각자가 가진 재능은 모두 다르다.'라고 해석할 수 있습니다.

작품에서 영재의 성적이 떨어졌을 때, 담임선생님께서 하신 “아휴, 여기 등수 봐라. 네가 봐도 심하지? 먼저 핑계를 댈 기회를 줄게. 뭐든 납득할 만한 스토리를 대 봐.”를 보면 공부를 무조건 해야 한다는 사회의 분위기와 성적이 떨어졌다고 변명해야 하는 현실을 알 수 있습니다. 또한 영재 본인의 성적이 떨어진 것이고, 성적이 떨어졌다고 해서 변명해야 하는 것은 아닌데, 현재 학교나 학원에서는 그런 것이 당연하게 일어나고 있다는 것을 보여주는 말입니다. 또 영재가 이삿집 동료 어른들에게 칭찬받다가 “아무튼 공부만 잘하면 나무랄 데가 없는 아이라니까요.”를 들은 것도 다 잘하지만 공부를 못하면 의미가 없다, 부족하다는 이 시대의 고정 관념을 표현하고 있으며, 작가는 이러한 고정 관념을 부정적으로 바라보고 글에 표현하고 있습니다. 작품을 시대와 함께 본다면 공부에 집착하는 시대를 작품 속에서 등장인물들의 말로 보여줘 비판한다고 해석할 수 있습니다.

이 책을 읽고 어떤 독자는 영재의 모습을 보고 자신의 공부가 아닌 진짜 재능을 떠올릴 것이고, 또 어떤 독자는 영재 누나의 모습을 보고 학생 시절 미래를 위해 맞지 않는 공부만 바라보았던 것을 떠올릴 수 있습니다. 이처럼 「영재는 영재다」라는 작품을 보면 작가는 '공부만 잘하면 된다는 이 사회에서 공부만을 하려고 하지 않고, 자신에게 정말 잘 맞는 재능을 찾자.'를 말하고 싶었다고 생각할 수 있습니다.

이수연

머리 아프게 복잡한 것보다 간단한 것이 더 좋다.
영상을 보는 것보다 노래 듣는 것이 더 좋다.
스트레스 받을 때 단 것보다 매운 것이 더 좋다.
진한 단색보다 연한 파스텔색이 더 좋다.
변수가 많은 것보다 규칙적인 것이 더 좋다.

내일 말할 진실

구혜원

내가 고른 단편 소설인 「내일 말할 진실」은 2019년 10월 4일에 출간되었고 출판사는 창비이다. 작가는 제4회 푸른문학상에서 '새로운 작가상'을 수상한 정은숙 작가이다. 이 책은 고통과 두려운 진실 앞에서 힘겨워하는 이들을 위한 위로와 응원의 메시지를 주고 반전의 묘미와 추리 기법이 돋보이는 작품이다.

이 단편 소설의 전체적인 내용은 주인공 세아와 같은 학교에 다니는 예주라는 아이가 학교 남자 선생님인 임 선생님이 자신을 성추행했다는 내용의 폭로 글을 트위터에 올리면서 시작된다. 이러한 글의 내용을 통해 이 소설의 전체적인 주제는 성추행, 성폭행에 관한 것임을 알 수 있다. "다정하게 격려하고 응원했던 임 선생님의 모습이 거짓이라고 느낄 수는 없었다."라는 세아의 말을 통해 자신에게 항상 친절하게 대해주시고 존경하던 선생님이였기 때문에 처음에 세아는 폭로 글을 믿지 않았다. 하지만 우연히 진학 상담실에서 봤던 예주의 틴트 색깔과 똑같은 색깔의 틴트가 컵에 묻어 있는 것을 본 세아는 그 사건에 대해 의문점을 갖고 혼자 의심하기 시작한다. 이때 세아가 소설 속에서 "조르르 늘어놓은 마트료시카 인형을 볼 때면 오래전 제일 작은 인형을 쓰다듬으며 외삼촌의 진심을 믿었던 엄마처럼 혹시 나도 안쪽에 숨어 있는 인형은 까맣게 모른 채 듬직하게 우뚝 선 제일 큰 인형만을 보면서 오해한 건 아닐까 하는 불안한 마음도 생겼다."라는 문장을 통해 세아는 임 선생님의 겉모습을 우뚝 선 제일 큰 마트료시카 인형에 비유하고 까맣게 잊은 안쪽에 숨어 있는 작은 마트료시카 인형을 임 선생님의 아무도 모르는 진짜 속마음에 비유하여 점점 임 선생님을 의심하고 있다는 것을 추측할 수 있다. 그러므로 이 소설은 학교에서 일어난 성추행 사건을 통해 세아가 진학 상담실에서 본 것을 사람들에게 알려야 할지 말아야 할지에 대한 선택의 갈림길에서 솔직하게 고민하고, 진실을 알고자 하고 진실을 찾는 과정에서 겪는 내적 갈등에 대한 이야기이다.

이 책을 쓴 작가인 정은숙은 사람들의 속마음을 우리가 사는 풍경 속의 진실을 궁금해하다가 작가가 되었다고 한다. 정은숙 작가가 『내일 말할 진실』에서 쓴 7개의 단편 소설 모두 주인공이 고등학생이고 미투 문제, 학교 폭력, 가족의 상실 등 청소년이 겪을 수 있는 문제가 주제가 소설의 주제가 되고 있음을 알 수 있다. 그리고 작가가 이 단편 소설을 출간했을 당시 고등학생 딸을 두고 있어 아이를 직접 키우며 청소년 문제에 관심이 많았다고 한다.

독자의 입장에서 보면 글 속에서 "진실처럼 꾸몄다고 거짓이 진실이 될 수는 없어요. 저는 논리 정연한 거짓이 아닌 볼품없고 초라한 진실의 편에 서고 싶어요."라는 문장을 통해 독자들에게 완벽하게 꾸민 거짓말보다 초라하지만 분명하고 명백한 사실을 담고 있는 진실의 중요성을 깨닫게 하고 내가 여태껏 진실이라고 믿고 있었던 것은 과연 진실이 맞을까 하는 생각을 다시 해보게 한다. 그리고 글 속에서 예주의 용기 있는 폭로 글을 통해 우리는 소수자들, 약자들의 이야기에 귀를 기울이는 노력이 필요하다는 교훈을 얻을 수 있다.

나 역시 이 소설을 읽고 소수자들의 의견을 존중해야겠다는 생각이 들었다. 그리고 만약 내가 세아와 같은 상황에 놓이게 된다면 억울한 사람이 없도록 용기 있게 내가 본 진실에 대해 말해야겠다는 생각이 들었다. 이 소설의 주인공이 고등학생이기도 하고 사건 배경도 학교이기 때문에 청소년들이 책을 읽으면 많은 공감을 얻을 수 있고 재미도 더 느낄 수 있을 것이다.

구혜원

내가 태어난 해인 2007년에는 제2차 남북정상회담, 태안 앞바다 기름 유출 사건과 같은 굵직한 사건들이 있었고 그해에 마침 LG전자 터치 스크린 프라다폰 출시, 로보트 태권V 디지털판 전국 개봉, 인천 도시철도 1호선 계양역 개통 같은 일이 눈길을 끌었다. 그해에 마침 아이브 이서, 트로트 가수 정동원, 클라씨 리원, 지민 등의 유명인이 태어났고 특히 탈레반 납치극 같은 일도 있었으니 아무래도 이때의 기운이 모인 결과 나의 성격 중에서 과격하거나 시끄러운 상황을 싫어하는 점이 형성된 듯하다. 뿐만 아니라 원더걸스의 Tell me, 소녀시대의 다시 만난 세계 같은 곡이 유행가로 울려 퍼지고 그해에 킹왕짱이라는 유행어가 인기를 끌었다고 하니 뭐든 긍정적으로 하는 나의 성격에 영향을 끼쳤을 만하다.

상처뿐인 진실이더라도

김현서

『내일 말할 진실』은 7개의 이야기로 구성된 단편 소설집이다. 그중 나는 「버티고」라는 소설을 선택했다. 비행 착각 현상을 일컫는 버티고(vertigo)와 '버티다'라는 의미를 갖는 중의적인 표현으로 쓴 제목 때문인지 무슨 내용인지 궁금하였다. '버티고'는 아빠의 죽음을 둘러싸고 있는 진실을 알아가는 이야기이다. 정확하게 말하자면 주인공 수빈이가 아빠의 죽음에 관하여 친구들과 가족들로부터 진실을 알게 되는 내용이다. 수빈의 아빠가 전투기 추락 사고로 사망하고 무사고 조종사인 아빠의 명예를 지키기 위해 엄마의 시위가 시작되면서 알면서도 외면하고 싶은 진실에 대한 이야기가 시작된다.

이 소설의 작가 정은숙은 친구와의 우정, 진로 문제 등 청소년이라면 누구나 공감할 법한 이야기를 많이 써왔다. 『내일 말할 진실』 또한 진실을 찾아 헤매는 청소년 주인공들의 목소리를 담아내고 있다. 그 중 「버티고」도 진실을 알고 싶지 않던 수빈이가 진실을 알게 되고 그 진실 안에서 수빈이의 성장이 나타난다. 작가의 말 중 "나는 아직도 불가해한 세상을 이해하지 못한다. 하지만 받아들이기로 했다. 불행했던 어제와 불확실한 내일 사이에서 힘들고 아픈 '오늘'을 꿋꿋하게 살아가기로 했다."라는 부분에서 고통 속이더라도 불가해한 세상을 향해 진실의 목소리를 외치며 진실을 가진 채 성장하는 청소년들의 모습을 희망하고 있는 작가의 마음을 알 수 있다.

이 소설은 세월호 사건을 연상시킨다. 소중한 사람을 잃은 것, 세월호 사건과 이 소설의 가장 큰 공통점이다. 아빠의 사고 속 진실을 알기 위해 3년이라는 시간 동안 매일 같이 정부와 맞서 싸우며 시위를 하는 엄마의 모습을 통해서도 세월호 사건을 떠올릴 수 있을 것이다. 피해자 가족들이 사랑하는 가족을 하루아침에 잃고 진실을 알고 싶어 매일매일 고통스럽게 살아가고 있는 것, 피해자 가족들이 고통 속에서도 진실을 위해 힘과 권력을 가진 사람들과 맞서 싸우는 것, 세월호 피해자 가족들과 소설 속 수빈이의 엄마는 그저 진실만을 위해 정말 많은 시간을 보내왔다는 것을 통해 우린 많은 것을 느낄 수 있을 것이다. 세월호 사건을 배경으로 이 소설에서는 힘과 권력을 가진 사람들이 약자, 소수자들의 마음까진 아니더라도, 권력만 있다면 진실을 바꿔버릴 수 있는 불공평한 사회의 모습을 비판하고 있다. 진실만을 원하는 사람들에게, 상처와 불행을 가져다주더라도 진실을 원하는 진심만큼은 무시해서 안 된다는 것을, 그 진실 속 얻게 되는 무언가를 통해 변화할 수 있다는 것을 전하기도 한다.

소설 속 "대부분의 진실은 진실을 원한 사람들에게 상처와 불행만을 안겨 줄 뿐이었다."라는 구절을 통해 아빠의 사고 후 삼 년이 지나면서 수빈이가 원하는 건 진실을 알고 싶지 않은 것을 알 수 있다. 시간이 흐르면서 수빈은 미뤄왔던 진실, 정확히는 자기 모습과 직면하면서 정말로 끝이라는 예감을 무서워했고, 상대방이 알고 있는 진실을 두려워했던 것을 수빈, 미나, 계수 셋의 관계에서 나타나기도 한다. 진실을 알게 되는 그 두려움이 무서웠던 수빈이가 진실을 알게 되면서 헤쳐 나가는 것을 통해 작가는 우리에게 작은 위로를 주고 싶었던 것이 아닐까? 불가해한 세상을 알리기 위해 외치는 작은 목소리들이 결코 가벼운 것이 아니라는 것, 상처뿐인 진실 속에서 그 두려움이 무서울지라도 그 진실이 소중하다는 것을 깨닫고 더 나은 내일을 나아가길 바라는 작가의 마음을 우리 마음속에 새기며 고통 속에서도 다시 일어날 수 있길 바란다.

김현서

추운 겨울 집 밖에 나와 찬 기운을 느끼며 산책하는 것을 더 좋아한다.
예상할 수 없는 내일보단 지금 당장의 오늘을 더 좋아한다.
일어난 일을 후회하는 것보다 일어나지 않은 일을 기대하는 것을 더 좋아한다.
남들보다 앞서나가는 것보다 한 발짝 뒤에서 천천히 가는 것을 더 좋아한다.

숨 쉬는 소설 · 최진영 외

지구와 생명을 테마로 한 단편 소설 8편을 엮은 단편 소설집. 독성 물질, 기후 위기, 플라스틱 문제, 다른 생명과의 교감, 신체 가치, 육식, 지구, 자연의 아름다움을 주요 소재로 다루고 있다.

인과응보

강부우

『숨 쉬는 소설』이라는 책은 안에 8가지의 단편 소설이 있다. 나는 그 8개의 단편 소설 중에서 「돌담」을 선택했다. 이 단편 소설은 최진영 작가님이 집필하셨으며 출판연도는 2019년이다.

처음에 책을 받고 제일 처음 책의 표지를 봤는데 책의 표지에는 당근이 흙에 꽂혀있고 그 안에 사람이 있다. 흙과 당근은 환경을 상징한다. 최근 우리가 환경에 대해 언급하는 내용 중 많은 부분은 부정적인 내용이다. 환경문제와 기후위기, 이런 문제에 따른 인류 멸종의 위기. 하지만 사람들은 환경문제에 심각함에 대해 깨닫지 못하고 있다. 행동을 바꿀 생각이 없어 보일 정도다. 마치 당근 안에서 당근 밖 모든 것이 망가져도 알지 못하고 웃고 있는 표지에 등장하는 사람처럼.

환경문제는 2021년에는 코로나19가 장기화되면서 심각해졌다. 우리 주변에서 가장 가까운 예로 코로나19 때문에 늘어난 음식 배달과 그로 인해 늘어난 1회용 배달 용기의 사용을 들 수 있다. 당장 사람들은 그게 무슨 문제가 되는지 잘 알지 못할 수 있다. 마치 이 소설에 등장하는, 지금 당장의 이익을 위해 프탈레이트 가소제를 사용해 제품을 만드는 회사와 생계를 이어가기 위해 이를 눈 감는 등장인물처럼 말이다. 우리는 1회용 배달 용기가 안 좋다는 것을 인지하면서도 배달 음식을 편하게 먹기 위해 사용하고 있다. 프탈레이트 가소제도 이와 마찬가지로 주인공 회사는 프탈레이트 가소제가 안 좋다는 것을 알면서도 단순 회사의 이익만을 추구하기 위해 사용하였다. 1회용 배달 용기 사용으로 돌담 쌓듯 차곡차곡 쌓아놓은 환경문제는 소설에서 프탈레이트 가소제로 만든 완구로 인하여 피해를 본 사람들과 겹쳐 보인다. 즉, 배달 음식을 먹으면서 1회용 배달 용기를 사용할 때 환경에 미치는 심각한 영향을 깨닫지 못하는 것과 소설 속 유해 물질을 사용해도 대수롭지 않게 생각하는 회사가 동일시된다. 그리고 이것이 소설에서, 그리고 현실에서 가장 핵심적인 문제라고 생각한다.

「돌담」은 주인공의 성인 시절 이야기와 어린 시절 이야기로 나누어 볼 수 있다. 우선 성인 시절 이야기부터 보면, 주인공 '나'가 다니는 회사는 한 사람의 미래와 현재를 갉아먹고 있다. 정규직 대신 무기 계약직으로 사람을 고용하고, 독성 물질인 프탈레이트 가소제가 첨가된 장난감을 팔면서 "그 정도로 사람 안 죽는다."라는 말만 하고 회사에서는 아무런 조치 없다. '나'는 그들에게 항의하고 그들의 방식을 거부했다. 하지만 항상 협박당하고 일상이 무너질까 두려웠다. 이러한 이유로 다시 찾은 고향 동네에서 '내가 무엇이 되고 싶었는지'를 생각한다. 험한 세상에서 살아남기 위해 많은 나쁜 행동이 쉽게 존엄을 해치는 날들에도, 항상 선과 악을 구분할 줄 알아야 한다는 마음이 내 마음 한쪽 편에는 자리를 잡고 있었다.

「돌담」에 어린 시절 이야기에서는 주인공 '나'의 어린 시절 친구였던 장미의 동생 '미래'의 사고로 이야기가 시작된다. 미래가 오래된 버스를 타고 가다 사고가 나서 장미는 자기의 동생인 미래를 슬프지만 잃게 되었다. 하지만 주변 사람들은 장미의 가족들을 도와주기는커녕 오히려 장미의 가족에게 가시를 박는 말을 하게 된다. 특히 운전 기사네는 가장이 죽었는데 그래도 장미네 집에는 장미가 남아있으니 다행이라며 자기의 하나뿐인 동생을 잃은 장미에게 더욱 큰 상처를 받게 한 것이다. 이러한 만행을 저지르는 사람들을 보며 참지 못한 아버지께서 사람들에게 돌은 던지기 시작하면서 돌담이 생기기 시작한 것이다.

「돌담」에서는 완구에 들어가는 유해 물질을 장미의 동생인 '미래'의 사고로 비유해 작가는 설명하고 있다고 생각한다. 프탈레이트 가소제라는 유해 물질을 이용하여 완구를 제조하는 회사에서 '나'가 겪은 여러 사건과 '미래'의 사고로 장미의 가족이 겪게 된 일련의 사건과 겹쳐 보이게 된다. 주인공은 결국 사표를 쓰고 회사를 나오게 되고 신고까지 이루어졌으나 언제 처벌이 될지 모른다는 이야기로 끝이 난다.

프탈레이트 가소제라는 유해 물질을 이용하여 완구를 만들더라도 당장은 그 완구를 이용하는 사람들한테는 큰 문제가 되지 않는다. 하지만, 그것이 계속 이어지게 되면 결국은 사람들이 그 유해 물질로 인하여 피해를 입게 된다. 이와 마찬가지로 소설 「돌담」에서는 주변 사람들이 장미의 가족에게 당장 가시를 박는 이야기를 하더라도 당장은 장미네 가족은 아무 소리도 하지 않았다. 하지만 아버지가 참지 못하게 되면서 돌을 던지기 시작하였고 그것이 돌담이 되게 된 것이다. 그러므로 돌담은 프탈레이트 가소제라는 유해 물질로 인하여 지속해서 피해를 당한 사람들을 비유하는 것이다. 이 두 이야기를 관점으로 당장은 아무 일이 일어나지 않더라도 나중에는 처음보다 더 큰 문제가 생길 수도 있으니 조심하라는 것 같다.

이 소설은 자신의 이익, 또는 단체의 이익을 위해 나쁜 행동을 서슴지 않고 하는 사람들에게 프탈레이트 가소제라는 유해 물질을 사용하여 이익을 얻는 회사를 보여주며 그렇게 해선 안 된다는 경고, 그리고 지금 당장은 아무 피해를 당하지 않지만 나중에는 감당할 수 없는 큰 피해를 당할 것이라는 내용을 다루고 있다. 지금 상황이 괜찮다고 계속 괜찮은 것이 다가 아니다. 예를 들면 우리가 어린 나이에 달달한 초콜릿 같은 걸 많이 먹어도 지금은 괜찮지만 나이가 점점 들수록 몸이 약해서 당뇨병에 걸릴 수 있는 것과 같이 상태는 갈수록 더더욱 악화될 수 있다. 그러한 이유로 우리 모두 지금 하는 행동들이 나중에 어떤 영향을 미칠지 잘 생각해 보고 나중에라도 그런 행동을 하는 사람들을 보면 조언과 충고를 해주는 것도 나쁘지 않을 것 같다.

강부우

7월에 내리는 빗소리를 들으며 문학작품을 감상하는 것을 좋아한다.
우울하고 속상할 때는 남들의 위로보다 나 혼자만의 시간을 가지는 것을 더 좋아한다.
추운 겨울 귀가할 때 붕어빵을 사먹는 것을 좋아한다.
겨울에 때론 따뜻한 물보다 시원한 물로 샤워하는 것을 좋아한다.
드라마보다는 영화를 좋아한다.
평범한 것보다는 특별한 것을 좋아한다.
낮은 가능성을 믿는 것을 좋아한다.
스트레스를 풀기 위해 노래하는 것을 좋아한다.

국립존엄보장센터 · 남유하 외

전국국어교사모임 독서교육분과 물꼬방 교사들이 직접 뽑은 한 학기 한 권 읽기 맞춤형 테마소설선집. 다섯 편의 소설을 통해, 'SF'의 세계에서 '인간'이 무엇을 선택해야 할지 미리 떠올려 보게 한다.

언젠가 올 죽음의 가치

김수빈

읽을 책을 고르려 이 단편 소설집을 넘기던 중, "메멘토 모리"라는 단어가 눈에 띄었다. 무언가 사람 이름 같기도 하고, 통 정체를 알 수 없어 인터넷에 이 단어를 찾아보니 "죽음을 잊지 말라"를 뜻하는 라틴어였음을 알게 되었다. 단어를 더욱 깊이 있게 찾아보다 오래전부터 사용되어 왔다는 숙어임을 알게 되자 사람들이 옛날부터 죽음으로 인해 얻은 것은 무엇인지, 어째서 이 소설의 제목은 "죽음을 기억하라"고 하는지 궁금해져서 그 해답을 찾기 위해 이 단편 소설 「메멘토 모리, 죽음을 기억하라」를 고르게 되었다.

이 소설은 '이너터리'라는 불로의 약이 발명되어 사람들이 영생을 얻었지만, 얻은 영생을 질병과 사고에서 지키기 위해 모두 집 밖으로 나오지 않는 세계관을 바탕으로 두고 진행되고 있다. 이 소설은 이 소설의 화자인 '우피'라고 지칭되는 이너터리를 맞지 않은 할아버지와, 아직 어려서 이너터리를 맞지 않은 여자아이 '애나'의 이야기로 진행되는데, 마지막엔 화자가 이너터리를 만든 장본인이라는 것이 밝혀지며 소설이 끝이 난다.

이 소설에서 주목해야 할 것은 화자인 할아버지의 이야기들이다. 화자는 "프로 메모리아, 진실은 기억되어야 한다"고 말하며 애나에게 죽음이 있었기에 우리가 할 수 있었던 것들에 대해 이야기하며 이너터리, 즉 불로에 대한 부정적인 관점을 드러내고 있다. 또한, 자신이 이너터리를 만들었다는 게 밝혀지는 부분에선 자신이 이너터리를 만든 것을 후회하며 내게 영생의 자격은 없다고 죽음을 맞이하는 것을 보면, 죽음을 하나의 형벌로 인식하는 것을 알 수 있다.

화자가 이 소설의 관점과 주제를 이야기해주는 존재라면, 그 이야기를 듣고 있는 애나란 무엇을 상징하는 것일까? 바로 애나는 이 작품을 읽고 있는 독자, 즉 우리를 상징한다. 이 작품을 읽는 독자는 대부분 죽음을 두려워하며, 영생을 원하고, 죽음이 우리에게 주는 가치를 잘 알지 못한다. 이러한 특성이 아직 어린아이인 애나에게 반영된 것이다. 화자가 애나에게 주제를 이야기해줄 때, 독자는 독자와 비슷한 특성을 가진 애나에 이입해 애나가 받은 교훈을 독자의 것으로 만든다. 결국 애나도 이너터리를 맞게 될 것이라는 부분에선 독자가 아직 죽음의 두려움을 이기지 못했다는 것을 뜻하지만, 우피가 나쁜 사람이진 않다고 말하는 것에선 독자가 이 책을 통해 죽음의 가치를 조금이라도 알게 되었을 것이라고 추측할 수 있다.

온갖 질병이 우리의 삶을 위협하고, 전쟁으로 온 지구가 긴장하는 요즘, 이것들이 무서워 집에 틀어박힌 사람들의 이야기를 우리는 주목할 필요가 있다고 생각한다. 우리는 죽음을 통해 무엇을 얻을 수 있는지, 우리에게 필연의 죽음이 없었다면 우리는 학교에 나오고, 도로를 가로질러 집 앞 편의점에 가는 위험을 감수할 수 있었을까? 잊고 있던 죽음을 다시 한번 일깨워 주는 「메멘토 모리, 죽음을 기억하라」

를 읽어보길 추천한다.

김수빈

강아지를 더 좋아한다.

샤워한 후 상쾌함을 좋아한다.

시간이 여유로운 것보다 촉박한 것을 더 좋아한다.

의미 없이 시간을 보내는 것을 좋아한다.

등굣길에 노래 듣는 것을 좋아한다.

단발머리보다는 장발 생머리를 더 좋아한다.

노란색을 더 좋아한다.

겨울보다는 여름을 더 좋아한다.

존엄한 죽음의 의미

오수연

비평문 쓸 소설을 고르려고 책 전체를 쭉 훑어보던 중 「국립존엄보장센터」라는 제목의 소설이 눈에 들어왔다. 읽을 책을 고를 때 이 소설 대강의 소개를 보고 골랐기 때문에 내용은 초 중반부까지 알고 있었다. 언젠가 친구들과 '일주일 동안 돈이나 공간에 제약 없이 하고 싶은 것 마음껏 다 해보고 죽기' 대 '궁핍하게 살면서 폐지 줍고 사는데 95살까지 살기'로 밸런스 게임을 한 적이 있다. 그때 했던 밸런스 게임이 「국립존엄보장센터」의 주인공 여성의 상황과 비슷하다고 생각되어서 이 소설을 골랐다.

이 소설은 일정 나이가 되어서 생존세를 내지 않으면 안락사를 선택해 죽어야 하고, 돈이 없을 경우 전화를 하면 나라의 국립존엄보장센터의 직원들이 찾아와 노인을 데려가 24시간 후 죽음을 맞게 해준다는 세계관을 두고 진행이 된다. 이 소설 속의 주인공은 다른 많은 노인과 마찬가지로 생존세를 낼 돈이 없어 국립보장센터에 가게 되고, 그곳에서 여러 노인을 만나면서 자기 삶, 죽음에 대해 생각하다가 자신에게 올 죽음을 앞당겨 맞는 것으로 끝이 나게 된다.

노인 인구가 점점 늘어나 고령화 사회가 심화되고 있는 21세기 요즘, 우리는 노인들과 그들의 복지에 대해서 생각해 볼 필요가 있다. 소설 속에서 정부가 노인들에게 생존세를 걷고 내지 못하면 안락사를 시키는 이유가 무엇일까? 늘어나는 노인 수에 비해 노인들 복지에 대한 형편이 되지 않아서일 것이다. 우리나라의 65세 이상 노인 빈곤율은 67.3%임에 반해 OECD 평균 빈곤율은 13.7%로 우리나라는 상대적으로 빈곤율이 심하다. 이런 상황이 지속되고 악화되어 소설 속의 정부는 노인들의 마지막에 국립존엄보장센터를 두어 그들에게 존엄을 주는 것이 아닐까 싶다.

책의 제목과 소설 속에서는 '존엄'이라는 단어가 계속해서 나온다. 주인공은 국립존엄보장센터에 자진 신고하는 것이 존엄한 방법이라고 얘기를 하고, 마지막에 죽음을 맞을 때는 존엄을 유지하며 죽는다고 말했다. 국립존엄보장센터에서 제공하는 안락사는 과연 존엄한 죽음일까? 요즘 많은 사람이 안락사, 혹은 조력 자살에 대해 들어봤을 것이다. 스위스, 네덜란드, 룩셈부르크 등에서는 적극적으로 안락사를 허용한다. 이 소설에서는 적극적인 안락사가 사람의 존엄을 지켜주는 것으로 나타난다. 사람마다 견해가 다를 수는 있겠지만 나는 아무리 생의 마지막에 여러 혜택을 제공해준다고 해도 이러한 안락사는 존엄한 죽음이라고 생각하지는 않는다. 편안함을 추구해서 자신의 생명을 버리는 것만큼 어리석은 짓은 없다고 생각한다. 그저 자신의 상황, 삶이 힘들다고 세상을 등지고 죽음을 택하는 것은 전혀 존엄하지 않다고 생각한다.

이 소설은 언젠가 노인이 될 우리와 죽음의 가치에 대해 생각하게 해준다. 우리는 다가올 미래와 우리 사회에 대해 조금 더 생각해볼 필요가 있기에 이 소설을 추천한다.

오수연

생각을 해야 할 때와 아닌 때를 구분 못짓는 오스트랄로피테쿠스.
개근과는 거리가 몇 광년 정도 있는 게으른 놈.
어떤 일이든 끝까지 미뤄 얼렁뚱땅, 얼레벌레, 대충대충 처리하는 것을 즐긴다.
글을 보는 것과 쓰는 것은 좋아하지만 국어가 제일 어려운 학생.
항상 '인생에서 떠나면 후회하는 건 말, 시간, 기회다.'라는 말을 생각하며 살려고 노력 중.

유토피아는 존재할 수 없는가

이윤주

극적인 상황 속에서의 인간의 자립과 그에 대한 선택을 SF소설에서 다루고 있어 이 책을 여러 관점으로 해석해보면서 많은 것을 배울 수 있을 것 같아 「국립존엄보장센터」으로 비평문을 쓰기로 마음먹었다.

「국립존엄보장센터」는 저출산 고령화 문제로 국가에서 노인을 관리하는 세상. 생존세를 내지 못하면 '국립존엄보장센터'라는 국가 기관에서 24시간을 보낸 뒤 죽음을 맞이해야 한다. 센터에 입소한 순간 타이머가 팔목에 채워지고, 타이머의 시간이 0이 되면 본인의 의사와 상관없이 무조건 죽게 된다. 죽음까지 15시간 남은 지금, 주인공은 타이머를 돌려 5분 남은 시점으로 시간을 앞당겨 달라고 요청한다. '존엄한 죽음'을 위하여. 이 책에서의 손목에 있는 타이머는 모든 것의 끝을 의미한다고 볼 수 있다. 또한, 타이머의 흘러가는 시간은 자유를 의미한다. 하지만 끝을 알고 있는 24시간의 자유는 절대로 행복해질 수 없다. 우리는 무엇으로든 이 끝에서 자유로워질 수 없기에 타이머의 시간은 그저 눈요기에 불과한 '상대적 자유'임을 보여준다.

남유하 작가는 2018년 대전정보문화산업진흥원에서 주최한 제5회 과학 분야 장르 소설 공모전에서 단편 「미래의 여자」로 우수상을 받으면서 데뷔하였다. 아직 일어나지 않은 일, 어쩌면 일어날 수도 있는 일을 상상하는 것을 좋아하며 꿈과 현실을 넘나드는 상상력과 예리한 시선으로 다양한 빛깔의 작품을 선보이면서 한국 장르문학의 주목할 만한 작가로 떠올랐다. 「국립존엄보장센터」와 남유하 작가의 전작 중 하나인 「다이웰 주식회사」는 존엄한 죽음에 관해 얘기하고 있지만 동시에 존엄하지 못한 죽음에 대해 이야기를 하고 있다. 한 인터뷰에서는 "작가마다 모두 자기 이야기를 펼

쳐내는 노하우가 있는데 자신은 제 안에 있는 이야기를 꺼내서 쓰는 작가인 걸 최근에 알게 되었다. 그러다 보니 당연히 나, 그리고 삶, 죽음 이런 이야기에 대해 쓰게 되더라."라고 말했다. 남유하 작가의 일어나지 않은 일을 상상하는 성격은 이번 '국립존엄보장센터'의 존재로 이 소설에서 드러났으며 또한, 출간된 책들의 성향으로 미루어 보아 우리에게 지금 일어나고 있고, 일어날 점점 더 심각해지는 요즘 사회의 문제를 현대인들에게 이 책을 통해 다시 한번 경각심을 일깨워주는 역할을 할 것이라고 생각한다.

이 책은 저출산 고령화 시대에서의 사회적 약자들의 인권과 빈곤, 그에 대한 노인들의 존엄사에 대해 말하고 있다. 요즈음에는 여기저기서 안락사나 조력 자살에 대한 이야기를 들어볼 수 있다. 적극적인 안락사를 허용하는 국가는 스위스, 네덜란드, 룩셈부르크, 벨기에 등이 있으며, 적극적인 안락사라는 것은 제3자의 행위가 죽음의 직접적인 원인이 되는 안락사를 이른다. '어차피 더 산다고 좋은 꼴을 볼 수 있는 것도 아니고, 주사 한 방에 편하게 죽으니까 고통스러울 일도 없고' 라는 문장에서 이 책의 주인공은 안락사의 시행이 사람의 존엄을 지켜주는 것이라고 표현한 것을 알 수 있다. 그러므로 이 책은 우리의 현실을 투영하여 앞으로 일어날지도 모르는 현실을 말해주고 있는 것이며, '노인들의 생존세 체납으로 인한 안락사'라는 주제로 고령화 시대의 우리의 모순적인 사회를 비판하고 풍자하고 있다고도 볼 수 있다.

이윤주

강아지보다 고양이를 더 좋아한다.
무채색보다는 초록색을 더 좋아한다.
화려한 문체보다는 담담한 문체를 더 좋아한다.
시끄러운 분위기보다는 조용한 분위기를 더 좋아한다.
허황된 이야기보다는 현실의 이야기를 더 좋아한다.
사회적 약자의 입장에서 말해주는 책을 더 좋아한다.
하나의 주제에 대한 여러 가지 입장을 더 좋아한다.
시간이 흘러가면서 본연의 가치를 알 수 있는 것들을 더 좋아한다.
차가운 겨울의 냄새를 더 좋아한다.
해가 뜨기 시작하는 새벽의 파란 하늘을 더 좋아한다.

힘든 시기 우리에게 주는 작은 감동

조이안

단편 소설 「유일비」는 미래 시대를 바탕으로, 인터넷 방송이라는 주제를 녹여낸 소설이다. 이 소설은 미래 시대에 심각한 환경오염으로 인하여 집 안에서만 생활하게 되는 모습을 담고 있고, 인터넷 개인 방송을 시청하는 것과 같은 많은 장면들이 우리의 예상 미래 모습과 겹쳐보여서 이 글을 읽는 독자가 글 내용에 공감을 더 잘 할 수 있게 만들어준다.

이 작품은 시대가 바뀌어도 변하지 않는 사람들 간의 따뜻한 인류애를 표현하고자 한 작품이라고도 할 수 있다. 「유일비」의 주인공 효성은 자신이 꽤 오랫동안 본 작은 방송에 나오는 모르는 아이를 위하여 자신의 폐를 훼손하며 아이를 살리려고 하였다. 이 장면이 작가가 이 소설에서 인류애를 표현하고자 한다는 것을 뒷받침한다. 아무리 모르는 사람이라도 사람의 생명을 살리고자 하는 효성의 태도가 시대가 바뀌어도 변하지 않는 사람들의 인류애를 상징하기 때문이다.

「유일비」의 작가 김창규가 이 글을 쓴 2022년은 코로나19 바이러스가 오랜 시간 지속되어 오며 사람들이 많이 지쳐 있는 시대이다. 그로 인해 코로나 시대의 무기력한 사람들을 응원하고자 희망과 응원 등 긍정적인 영향을 주고자 하는 소설들이 많이 등장하게 되었고, 김창규 작가는 소설 「유일비」에서 코로나 시대와 흡사한 심각한 환경오염을 표현하며 독자가 더욱 쉽게 공감할 수 있도록 이 글을 작성한 것으로 보인다. 또한 책 속 주인공 효성의 행동을 이용하여 독자에게 따뜻한 감동도 주고 싶었던 것 같다.

작가는 자신과 아무 상관이 없는 사람을 살리기 위해 자신을 희생해가면서까지 노력하는 주인공 효성의 모습을 보여줘서 독자에게 감동을 주고, 독자에게 '작더라도 주위에 도움이 필요한 상황이 있다면 돕자'라는 교훈을 남기고 싶었던 것 같다. 이 장면 외에도 독자에게 감동을 주는 부분이 하나 더 있는데, 이 글의 마지막 부분에 주인공 효성이 유일비 사이트에서 '한 아기'의 개인 방송 채널 운영자이자 모나의 어머니에게 개인 메시지를 받는 부분이 바로 독자에게 감동을 주는 부분이다. 이 장면에서 효성은 모나의 어머니로부터 모나의 진짜 이름을 전해 듣게 되는데 이 장면 또한 독자에게 감동을 주는 부분인 것 같다. 효성이 본인의 건강을 해치며 살린 아이의 진짜 이름을 전해 들은 것이 효성에게는 잊지 못할 추억으로 남을 것이고, 모나의 어머니에게는 자신의 아이를 살려준 사람에게 진짜 이름을 알려주며 효성에게 가진 매우 감사한 마음을 계속 잊지 않고 살아갈 수 있을 것이다. 또한 모나의 어머니에게는 효성이 아이의 진짜 이름을 아는 인터넷상의 첫 번째 사람이기에 효성을 특별한 사람으로도 인식할 수 있을 것이다. 이런 점들이 독자에게 깊은 감동을 주고 뜻깊은 장면이 되어 읽는 사람이 더 잘 기억할 수 있도록 만들어준다.

결론적으로 이 소설은 독자에게 감동을 주는 소설이고 읽는 사람에 따라 다양한 해석이 가능한 소설이다. 나는 이 소설을 코로나 시대로 더욱더 힘들어하는 사람들에게 자그마한 감동을 주기 위해 추천해주고 싶다.

조이안

주인공보다는 악역을 더 좋아한다.
바라지 않는 사람을 좋아한다.
자신에게 주어진 모든 것을 소중히 하는 태도를 좋아한다.
인공적인 것보다 자연적인 것을 더 좋아한다.
사소한 것들도 기억하는 사람을 좋아한다.

올바른 인간다움

장원준

"국립존엄보장센터" 이름을 보면 무언가 많은 생각이 든다. 보통 이름 앞에 붙은 "국립" 이라는 단어는 보통 국가가 설립한 장소라는 뜻을 가지고 있고, "존엄"을 "보장"한다는 것으로 봤을 때 누군가의 지위를 지켜준다는 것으로 추측해 볼 수 있다. 왜 이런 제목을 가졌을까? 지금부터 이 소설을 분석해 보겠다.

먼저 이 소설을 쓴 작가, 남유하의 작품 성향을 살펴보면, 일어나지 않은 일, 어쩌면 일어날 수도 있는 일에 대해 상상하고, "인간다움"을 강조하는 것이 주된 창작 방식이다. 「국립존엄보장센터」라는 소설도 그런 것을 얘기한다. 만약 우리가 노인들에게 "친절"과 "관심"이라는 생존세를 내지 않으면, 미래에는 진짜로 저러한 건물이 생겨날 수도 있다는 것이다. 또 나이 든 노인들을 돌보지 않는 것은 "인간"답지 못하고, 보살핌을 받지 못하는 노인들 역시 "인간"답지 못하다고 생각해서 이런 문제들을 지적하려고 이 소설을 쓴 것 같다.

이 소설은 현대 문제가 되고 있는 노인들을 돌보는 것은 귀찮고 힘든 일이라는 생각 같은, 필수적으로 다뤄야 하지만 거의 그렇게 되고 있지 않은 문제를 반영한 것이다. 우리 중 대부분은 이런 문제에 크게 관심이 없고, 어쩌면 앞으로도 문제에 대해 생각하지 않을 수도 있다. 하지만, 작가는 이런 문제들에 대해 좀 더 관심을 가지고, 심각하게 파고들었다. 작가는 이러한 상황이 계속되면 결국은 이 소설의 내용처럼 홀로 쓸쓸하게 죽어가는 노인들이 훨씬 많아지게 될 것이고, 이런 암울한 죽음을 노인들이 절대로 겪지 않도록 신경 쓰고 도움을 드려 노인들이 홀로 죽는 것이 아닌 여러 "생존세"를 내면서까지라도 마지막까지 행복하게 돌아가셨으면 한다는 소망을 담은 메시지를 전하고 싶었던 것 같다.

이 책을 읽으면서, 노인 분들께 엄청나게 잘 대해주진 못했던 내가 생각났다. 작가도 독자가 이 글을 읽고 노인들에게 내가 그리 잘 대해주지 않았고, 앞으로는 더 잘해야겠다는 교훈을 얻고 그것을 반드시 실천하여서 앞으로는 소설 내용과 같은 문제가 생겨나지 않고, 또 현실에서의 관련 문제도 하루빨리 해결되기를 바라는 마음이 이 소설을 적게 된 계기가 되지 않았을까 하는생각이 들었다.

이 소설은 우리에게 이런 의문점을 던진다. “더 이상 노인들을 위한 유토피아는 없는가?” 어찌 보면 국립존엄보장센터라는 곳은 이상향 같은 곳이지만, 이상향에 도달하기 위해선 결국 가난이란 죄를 지어야하고, 도달했다 하더라도 아주 짧은 시간동안의 거짓된 행복을 누릴 뿐이다. 이것은 우리의 세계를 잘 나타내고 있지 않을까. 더 이상 그들의 자리는 존재하지 않는 걸까.

장원준

힘들 때는 웃고 넘기기보다는 울고 털어버리는 편이다.

안데르센의 희망찬 동화보다는 셰익스피어의 슬픈 비극을 보고 생각에 빠진다.

우리나라의 해학적인 고전소설보다는 서양의 가슴 뛰는 모험 소설을 더 좋아한다.

누워있는 것보다는 일어서서 뭐라도 행동하는 것을 좋아한다.

착한 여자보다는 아름다운 여자를 좋아한다.

누군가를 크게 웃기는 사람보다는 얼굴만 떠올라도 살짝 미소가 지어지는 사람으로 남고 싶다.

죽음을 대하는 자세와 존엄한 죽음에 대해

조하은

남유하 작가님의 「국립존엄보장센터」는 생존세를 지불해야만 삶을 살아 나갈 수 있고 반대로 돈이 없으면 생을 마감해야 하는 사회에서 정부가 돈이 없는 사람들을 위해 '국립존엄보장센터'라는 곳을 세우고 그곳에서 노인들이 존엄하게 삶의 마지막을 맞이할 수 있도록 도와준다는 가상의 고령화 사회를 그 배경으로 하고 있는 소설이다. 이 소설에는 가난하다는 이유만으로 어쩔 수 없이 죽음을 기다려야만 하는 노인들의 무서움과 그럼에도 끝까지 삶을 지켜내려는 그들의 모습이 절묘하게 묘사되어 있다. 여기에는 24시간 내에 자신에게 닥칠 죽음이 두려운 나머지 자신에게 남아 있는 시간을 충분히 즐기지 못할 것이라 생각해 일찍 죽음을 택한 704호, 잊히는 게 두려워 704호에게 자신의 이름을 기억해달라고 부탁하는 909호의 전형준이라는 인물도 등장한다. 이러한 각각의 인물들을 통해 이 소설은 죽음을 대하는 자세와 그 세세한 감정들을 보여주려는 작품인 것 같다.

누구나 한 번쯤은 맞닥뜨려야 하지만 어느 누구도 자신의 문제로 받아들여지기 싫은 죽음. 남유하 작가님은 이를 '고령화 사회의 문제'와 연결시켜 이야기를 풀어가고 있다. 현대 의학의 발달로 인간의 수명은 늘어나는 데 반해 빈곤, 질병, 고독과 같은 여러 가지 문제를 겪는 노인들이 많아지고 있고,이에 따라 노인의 자살 비율 또한 증가하는 현대 사회의 모습을 소설에 담았다는 것을 반영론적 관점에서 해석할 수 있다. 생존세를 내지 못해 어쩔 수 없이 죽음을 선택해야만 하는 노인들은 더 이상 소설 속에만 존재하는 인물이 아니다. 돈이 없어 자신의 존엄한 죽음을 선택해야만 했던 704호, 909호, 1408호는 어쩌면 머지않은 우리의 모습일 수도 있음을 보여주려는 작품일지도 모른다. 고령 사회를 넘어 초

고령 사회가 지속될수록 우리는 노인의 복지에 드는 비용을 모두 감당하는 것은 어려울 것이고, 이 소설에 나오는 '생존세'의 존재가 현실이 되는 날이 올 수도 있다는 것이다.

또 다른 관점에서 이 소설은 우리에게 죽음을 대하는 자세와 삶과 죽음의 관계에 대해 여러 가지 생각할 거리를 제공하는 작품이다. 질병으로 인한 극심한 고통이 없음에도 불구하고 단지 가난하다는 이유로 '존엄한 죽음' 앞에 서야 하는 국립보장센터의 사람들을 보며 우리는 '우리들은 과연 자신에게 주어진 죽음을 살아가는 것보다 존엄한 죽음이 더 중요한가?', '존엄한 죽음을 위해서라면 나의 남은 삶이 포기되어 마땅한가?'에 대해 생각해보게 한다. 아무리 삶의 질이 중요하다고 하더라도 자신에게 주어진 남은 삶을 포기하면서 까지 그러한 것을 선택해야하는 걸까? 나는 이러한 생각이 그런 상황에서 최선의 선택이 아니라고 생각한다. 살다보면 행복한 일이 일어날지도 모르는데 미리 행복하지 않을 것이라 단정하는 것은 자신의 삶을 소중히 여기지 않은 것이고 자신의 삶에 대한 예의가 아니라고 생각되기 때문이다. 자신의 너무나도 소중한 삶을 책임감 있게 이끌어 나가야 하지 않을까 의문이 든다.

정리하면, 남유하 작가님의 소설, 「국립존엄보장센터」는 가상의 세계와 인물들의 모습을 통해 고령화 시대의 문제들을 지적하고 있는 작품인 것 같다. 또한 독자들에게 삶의 가치와 죽음의 의미에 대해 많은 생각할 거리와 여러 의문점을 제시하는 작품인 것 같다. 우리는 지금 고령화 시대를 살아가고 있다. 따라서 이 소설이 말하고자 하는 여러 문제는 이미 우리에게 닥친 문제이다. 그렇기 때문에 우리는 이 문제를 좋은 방향으로 해결해 나가기 위해 계속 고민하고, 지속적인 노력을 기울여야 한다.

조하은

나는 음악을 조용하게 듣기만 하는 것보다 직접 마이크를 들고 부르는 것을 즐긴다.
나는 창가에 내리는 눈을 가만히 바라만 보는 것보다 직접 눈을 맞고 눈사람을 만드는 것을 더 좋아한다.
나는 푸른 채소를 먹는 것보다 육즙 가득한 고기를 먹는 것을 더 좋아한다.
나는 한여름 창밖으로 내리는 소나기를 바라보기보다 문득 밖으로 나가 우산 없이 온몸이 흠뻑 젖도록 비를 맞는 것에 행복감을 느낀다.
나는 그저 먼발치에서 바다를 바라보고만 있는 것도 좋아하지만 파도에 맞서 발 담근 채 첨벙거리는 것을 더 좋아한다.

죽을 권리란 없는 걸까

임송은

나는 남유하 작가의 「국립존엄보장센터」를 골랐다. 전부터 안락사라는 주제에 대해 관심이 있었고, 뿐만 아니라 이 책의 작가가 안락사에 대해 다룬 「다이웰 주식회사」라는 또 다른 책을 출판했다는 걸 안 뒤 이 작품에서는 전 작품과 안락사에 대해 풀어가는 방식이 어떻게 다를까 궁금해져 이 작품에 흥미가 생겨 이 책을 선택하게 되었다.

이 소설은 가까운 미래를 배경으로 하고 있으며 현재 우리나라처럼 저출산 고령화가 심각하다. 그 이유 때문에 소설에서는 노인이 되면 생존세를 내야 한다. 세금을 낼 수 없는 저소득층 노인의 경우에는 국립존엄보장센터에서 죽음을 맞이해야 한다. 소설의 주인공 또한 국립존엄보장센터에서 시간을 보내게 되고 이곳에서 남은 시간을 보내는 것은 의미 없다고 생각한다. 남은 시간 동안 마음을 졸이며 죽음을 기다리느니 빨리 죽는 편이 낫겠다고 생각하고 죽음을 앞당긴다. 그렇게 노인은 본인이 생각하는 존엄스러운 죽음을 맞이한다.

이 글에서 '나는 주사 한 방으로 죽을 것이다. 고통 없이 편안하게. 마지막까지 존엄을 유지하며'라는 구절을 보며 이곳에서 생존세를 내지 못하는 노인들이 '안락사'을 통해 죽음에 이른다는 사실을 알 수 있었다.

요즘 안락사, 조력 자살 같은 사회적 문제가 이슈가 되고 있다. 안락사는 불치의 중병에 걸린 등의 이유로 치료 및 생명 유지가 무의미하다고 판단되는 생물 또는 사람에 대하여 직·간접적 방법으로 생물을 고통 없이 죽음에 이르게 만드는 행위를 말한다. 안락사는 크게 적극적 안락사, 소극적 안락사 두 가지로 나눌 수 있는데 적극적 안락사란 약물을 투여함으로 인위적으로 죽음을 앞당기는 것을 말하며, 소극적 안락사란 가망이 없는 환자에게 생명 연장을 하지 않는 것을 말한다. 이러한 안락사는 전 세계적으로 논쟁 주제가 되고 있다. 특히 안락사가 과연 인간의 존엄성을 위한 선택인가 하는 부분이 가장 큰 논쟁거리가 되고 있다. 의미 없는 치료를 계속하며 억지로 생명을 유지하는 것이 오히려 인간의 존엄성을 해친다는 의견과 죽음은 자연사만이 존엄스러운 것이고, 안락사는 억지로 목숨을 뺏는 것과 다르지 않으며, 안락사는 살인 행위라는 의견이 충돌하고 있다.

나는 안락사를 인정해야 한다고 생각한다. 왜냐하면 사람은 얼마나 오래 사느냐라는 문제보다 어떻게 사느냐가 더 중요하기 때문이다. 단순히 물리적인 시간으로만 오래 산다고 해서 그 삶을 존엄하다고 할 수 있을까? 침대에 누워서 하루하루 숨만 쉬고 있는 삶이 과연 의미 있는 삶이라고 할 수 있을까? 인간은 자신의 의지로 살아갈 수 있는 능력을 잃었을 때 자신의 죽음을 선택할 권리가 있어야 한다고 생각한다.

인간이 인간다울 수 있는 것은 사고하고 자신의 의지대로 행동할 수 있을 때 의미가 있는 것이다. 그런데 스스로 생각할 수 있는 능력과 판단력을 상실한 채 생명만 연장하는 것이 무슨 의미가 있을까? 과학이 발달하기 전에는 어떻게 하면 좀 더 오래 살 수 있을까가 가장 큰 숙제였다 하지만 지금은 과학의 발달로 이미 100세시대로 접어들었다. 그래서 마냥 오래 사는 것 보다는 좀 더 의미 있는 삶을 추구하는 것이 더 중요해진 시대이다. 이러한 상황 속에서 생명 경시라는 이유로 무의미하게 생명을 연장하는 것은 바람직하지 않다고 생각한다.

그런데 이 소설에서는 노인 문제를 해결하기 위한 하나의 방편으로 안락사를 결정하고 개인이 자신의 권리를 주장하기 보다는 국가에서 강제적으로 안락사를 강요하고 있다. 개인의 경제적인 문제가 죽음의 원인이 된 것이다. 이것은 어디까지나 소설의 설정이긴 하지만 우리 사회에서도 안락사를 이런 식으로 해결한다면 인간의 존엄한 죽음은 이루어지지 못할 것이다. 이 책은 우리에게 존엄한 죽음이란 무엇일까에 대한 메시지를 던지고 있다.

임송은

견과류를 더 좋아한다.

책 읽는 걸 더 좋아한다.

빵보다는 밥을 더 좋아한다.

노래 플레이리스트를 더 좋아한다.

전화하면서 자는 걸 더 좋아한다.

시원한 가을 쌀쌀한 공기를 더 좋아한다.

마냥 착한 주인공보다 서사가 있는 빌런을 더 좋아한다.

많은 친구들보다는 일대일로 노는 걸 더 좋아한다.

친구 집 고양이보다 길고양이를 더 좋아한다.

우연보다는 운명을 더 좋아한다.

수업을 마치며

비평문 쓰기 수업이 끝이 났다. 1주일 2시간씩 보면서, 해야 할 진도를 나가면서 비평문을 쓴다는 것이 얼마나 무리였는지 돌아보면 내가 숨이 찰 지경이다. 나는 내 머리에 있고, 계획했던 대로 진행하는데도 힘들었는데 학생들은 오죽했을까. 조금은 미안해지지만, 성장에는 항상 고통이 필요하다고 생각하기 때문에, 이 고통이 학생들의 성장에 조금이라도 도움이 되었길 바란다.

수업의 시작

비평문 수업을 기획한 계기는 두 가지였다.

하나는 머리말에서 쓴 대로 전국국어교사모임 비평 수업

이었다. 비평 수업을 비평가에게 듣고, 함께 작품을 분석해 나가면서 내 수업을 돌아보게 되었다. 나는 다양한 관점에서 작품을 해석한다는 내용을 함께 볼 때 그냥 다양하게만 보게 한 것은 아닌지 후회가 되었다. 조금 더 작품을 비판적으로, 분석적으로 살펴보는 재미를 알려주고 싶어졌다. 작가들이 숨겨놓은 단서나 그 시대적 상황과 연관된 근거, 내 경험과 연결했을 때 나타나는 또 다른 의미. 이런 걸 찾아보는 재미를 느끼게 해주고 싶었다.

다른 하나는 고등학교 때의 기억이다. 사실 과거의 '나'에 대한 기억이 크게 남아있지 않다. 특히 학교에서 공부한 기억은 더더욱. 그렇지만 직업이 국어 교사다 보니 국어 시간에 내가 작품을 어떻게 이해할 때 편했는지는 기억이 났다. 내가 낯선 문학 작품을 읽을 때 사고 루틴은 고1 때 동아리 선생님께 배웠다. 고등학교 때 나름 시를 쓰고, 글을 쓰는 것을 잘한다고 생각해서 동아리로 문예반에 들어갔는데, 담당 선생님은 우리에게 문학 작품을 쓰는 것보다 문학 작품을 보는 법을 알려주고 싶으셨던 것 같다. 그렇지 않고서야 문예 동아리 시간에 문학사 수업을 했을 리가 없다. 게

다가 방식도 지금 와서 보면 대학교 또는 대학원 공부 방식 이었다. 시대를 정해주면 자료를 찾아서 발표 자료를 만들고, 발표를 하면 질문과 답변의 시간을 거친 뒤 담당 선생님의 피드백으로 마무리가 되는 수업이었다. 지금 와서 보면 그냥 대학교 때 한 현대 문학사 수업이었다. 당시 담당 선생님 나이가 20대의 끝자락이었는데, 엄청 열정이 넘치신 게 아닌가 싶다. 사실 우리는 놀고 싶었고, 다른 공부도 바빴다는 핑계로 결국 60년대 시 문학사까지 하고 중도에 끝난 걸로 기억한다. 왜냐하면 김수영과 신동엽 시인에 대해 들은 기억이 어렴풋이 남았기 때문이다. 카프라는 것도 처음 알았고. 그런데 이 수업 이후 나는 작품과 당시 역사적 상황과 연결해서 보는 것에 눈을 떴다.

예를 들어 이상화라는 시인의 이름만 보면 1920년대 일제 강점기 특징이 머리에 바로 떠올랐고, 그 상황과 연결해서 이상화 특유의 퇴폐적이고 병적인 낭만주의적 경향은 당시 사회의 불의에 지쳐 도망가고 싶고, 숨고 싶은 작가의 생각을 표현했겠다고 유추하는 것이다. 이런 식으로 작가의 주요 활동 시기만 알면 낯선 작품도 어느 정도 해석하기 좋았다. 모의고사 치면 점수도 곧잘 나오고.

이 기억이 비평 수업을 듣는데 떠올랐다. 나도 이런 성공 경험이 있으니 학생들에게도 비슷한 게 도움이 되지 않을까 하는 생각. 문학 작품을 그냥 읽으면 그 작품의 의미를 파악하기 어렵기 때문에 작가, 창작 당시 상황 등을 종합적으로 고려해서 작품을 해석하는 경험을 하면 문학 작품이 마냥 어렵기만 하지 않고 자신의 생각대로 해석해보려 노력하지 않을까 하는 생각. 그런 단서로 추리를 해가면서 맞췄을 때의 기쁨을 느끼면 문학 작품을 읽고 싶어지지 않을까 하는 생각. 이런 나만의 생각으로 겁 없이 비평문 쓰기 수업은 시작되었다.

중학교에서 다양한 관점이란

중학교에서 다양한 관점으로 문학 작품을 읽는 것은 3학년 때 알려준다. 그만큼 종합적이고 복잡한 사고 과정이라는 것이다. 교과서마다 이 부분에 대해 알려주는 방법은 다 다른데 대체로 자신의 경험과 연결 짓거나 다른 비슷한 문학 작품과 엮어 읽는 것을 알려주는 교과서가 많다. 내가 수업 시간에 보는 교과서는 이 내용도 물론 있지만 문학 작품을 바라보는 네 가지 관점에 관한 이야기를 해준다. 학창 시절의 기억을 떠올리면 나도 학교 다닐 때 배웠던 내용이다. 그만큼 비평의 기본적인 내용이라는 것이다. 소위 작품 자체만을 보고 내용을 이해하려는 내재적 관점과 작품과 관련된 다양한 자료와 상황 등을 바탕으로 해석하는 외재적 관점이 그것이다. 외재적 관점은 다시 작가의 경향과 생애를 작품과 연결해 해석하는 표현론, 창작 당시의 상황과 연결하는 반영론, 독자들이 주로 어떤 내용을 보고 감동하거나 작품이 좋다고 생각하는지 파악하는 효용론으로 나눌 수 있다.

나는 학교 다닐 때 이 내용을 먼저 외우고 시험 문제를 풀면서 적용해서 머리에 암기를 한 것 같다. 지금 학교는 시험 문제를 푸는 데만 쓰는 지식은 죽은 지식이라 생각하는 경향이 있다. 생활하면서, 현실에서 써먹을 수 있는 지식이어야 하고, 그렇게 써먹어 보면서 기억을 하고 개념을 알아가야 한다고 생각한다. 나도 이 방향은 좋다고 생각한다. 그렇다면 다양한 관점으로 작품을 해석하는 방법적 지식은 결국 실제 작품을 분석하면서 익혀 나가야 한다는 결론으로 연결

된다. 내가 수업 시간에 해야 할 것은? 방법적 지식을 적용하는 경험을 제공하는 것. 문학 작품을 다양한 관점에서 해석해 보는 경험을 제공하는 것. 경험을 제공하는 것에서 그치면 평가를 할 학생들의 행동 특성이 드러나지 않기 때문에 그 경험의 결과를 글로 남기는 것. 그래서 비평문 쓰기 수업을 하게 된다.

시 비평문을 써 보자

처음 수업을 구상할 때는 장편 소설 하나를 읽고 비평문을 쓰는 걸 최종 과제로 생각했다. 그런데 3월에 수업을 조금 해보니 1주일 2시간 수업으로는 시간이 많이 부족하겠다는 생각이 들었다. 그렇다고 무턱대고 방법을 모르는 학생들에게 비평문 쓰라고 바로 최종 과제를 제시할 수도 없다. 해결책은 두 가지. 그중 하나가 바로 시 비평문을 써보는 것이다.

시 비평문을 중간 과제로 제시한 이유는 두 가지였다. 하나는 수업 시간 비평문 예시로 보여줄 작품이 백석의 「멧새소리」를 분석한 글이기 때문이다. 시 비평문을 예시로 보여줬기 때문에 같은 장르를 써보면 좀 더 편하지 않을까 생각했다. 두 번째 이유는 시는 어쨌든 길이가 짧기 때문이다. 길이가 짧아서 읽기 시간을 줄일 수 있다. 짧은 작품 안에는 여러 함축적인 의미를 담고 있어서 비평문을 쓸 거리를 충분히 마련할 수 있다. 그래서 시 비평문을 먼저 쓰게 했다.

작품을 선정하는 것도 조금 신경을 썼다. 그저 시집을 주고 찾아서 쓰라고 하면 난감할 것이기 때문에 학생들이 위에서 말한 네 가지 관점을 비교적 쉽게 적용할 수 있는 작품을 찾았다. 그러다 보니 유명 시인의 작품이나 시대적 상황이 잘 반영된 작품, 수업 시간에 접한 작가의 작품을 찾아서 제시했다. 그런데 전문적인 시만 제시하면 학생들이 흥미도가 낮아질 것 같기도 하고, 나도 그렇게 많은 시를 제시할 자신이 없어서 노래 가사도 함께 제시하였다. 노래 가사의 경우에는 인터넷을 검색했을 때 창작 의도나 가사에 대한 개인의 감상을 많이 남긴 노래를 찾아서 제시했다. 그렇게 제시된 작품들이 이 책 차례에 나온 작품들이다.

활동은 비평문 예시 살펴보기 – 작품 해석의 네 가지 관점 복습하기 – 작품 선정하기 – 관점을 두 가지 이상 적용하여 비평하기 – 비평문 완성하기 순으로 진행했다. 이 활동에서 가장 중점을 둔 부분은 지식의 적용이다. 작품 해석의 네 가지 관점에 대해 정확한 개념을 가지고 실제 작품에 적용하는 것이 가장 중요한 목표였다. 그래서 활동 순서 중에서는 비평문 예시를 찾는데 많은 에너지를 쏟았다. 절대론, 표현론, 반영론, 효용론이 모두 드러나고, 중학교 3학년 수준에 맞는 비평문을 찾는 것이 쉽지 않았다. 다행히 우리 학교에서 쓰지 않지만, 다른 중학교 교과서에서 좋은 비평문을 찾게 되어서 그걸 읽고 진행할 수 있었다.

의외로 예시를 보고 관점에 대해 복습 과정을 거쳤는데도 오개념을 가진 학생들이 많았다. 그래서 활동 중간에 다시 비평문 예시를 살펴보는 시간을 가진 학급도 있었다. 그래도 학생들이 어떤 부분에서 오개념을 많이 가지게 되는지 살펴볼 수 있는 시간이기도 해서 신기했다. 간단한 퀴즈 형태가 아니라 지식을 적용하면서 오개념을 발견하는 게 교사 입장에서도 재미가 있었다. 정말 제대로 지식을 학생들이 익힌다는 느낌도 받았다. 피드백은 툭툭 던지듯 줬다. 실시간으로 댓글을 달면서 줬는데, 내용 수정에 대해서는 강요하지 않았다. 어쨌든 평가에 들어가는 부분이고, 교사가 너무 깊게 관여하는 것도 좋지 않다는 생각이어서 그랬다. 지금 와서 생각해 보면 조금 더 적극적으로 개입해서 오개념을 수정해서 글을 더 잘 쓸 수 있도록 해야 했는지 의문이 들기도 한다. 이 부분은 더 많은 고민이 필요할 것 같다.

단편 소설 서평 쓰기

원래는 소설 비평문이라는 이름으로 진행하고 싶었으나, 소설 서평이 입에 붙어서 과제명을 서평이라고 붙였다. 앞에서도 이야기했듯이 원래는 장편 소설 한 권을 읽고 싶었으나 수업 시간이 모자라서 단편 소설로 급선회했다. 시 비평문 수업을 진행하면서 단편 소설을 어떻게 제시할지 고민했다. 그러다가 갑자기 같은 작가나 같은 주제로 소설을 엮어 읽으면 서평의 질이 더 좋아질 것 같다는 생각이 들었다. 시간이 모자라긴 하지만 단편 소설 한 편 더 읽을 시간을 줄 수 있을 것 같았다. 그래서 단편 소설집을 찾기 시작했다.

단편 소설집을 선택할 때 고려한 사항은 우선 수준이다. 중학교 3학년 학생들은 의외로 어려운 책을 읽기도 하지만 의외로 쉬운 책도 못 읽는다. 초등학교의 경우 6년이기 때문에 학년 간 수준이 많이 차이 난다는 것을 사회적으로 인정한다. 고등학교의 경우 고입을 겪으면서 목표가 비슷하거나 공부 수준이 비슷한 학생들이 모이기 때문에 비교적 균질한 학생 집단이라 할 수 있다. 그에 비해 중학교는 학년 간, 학년 내 읽기 수준 차이가 매우 크다. 그래서 교사 입장에서는 어려운 책을 읽을 수 있는 학생들이 읽었으면 하는 책과 읽기를 힘들어하는 학생들도 흥미를 느낄 수 있되, 내용이 좋은 책을 함께 목록에 넣어야 하는 어려운 점이 있다. 그래서 여러 신뢰할 수 있는 단체에서 만든 목록집에서 중1부터 고1까지 읽으면 적절하다는 책 중에 골랐다. 대부분 전국국어교사모임 독서분과인 물꼬방에서 낸 목록집에 많이 기대어 골랐다. 그래서 김동식 작가의 『밸런스 게임』 같이 학생들이 흥미를 느끼고 읽을 수 있지만 그 속에 깊은 이야기를 할 수 있는 책이나 『국립존엄보장센터』 같은 SF 소설, 『내일 말할 진실』 같은 학생들 실생활과 매우 관련성이 높은 책을 목록에 담아 보았다.

두 번째로 고려한 사항은 주제다. 앞에서 나의 고등학교 때 이야기를 했지만 나는 창작 당시의 상황 정보를 찾아서 작품 해석에 쉽게 적용할 수 있는 작품을 넣으려고 했다. 학생들에게 표현론은 작가의 작품 성향을 알아야 하는데 작품 성향이 전문 서적이 아니고서야 정보에 접근하기 어렵다. 효용론은 학생들이 단순히 자기가 독자니까 내 감상과 해석을 적겠다고 하며 독후감을 적을 가능성이 높다. 절대론의 경우 작품만 보고 해야 해서 분석 기준을 마련하기가 어렵다. 그래서 나는 개인적으로 반영론, 창작 당시 상황을 알고 이를 작품 분석에 적용하는 게 그나마 쉽다는 생각이 들었다. 그래서 의도적으로 사회적 문제나 사건을 배경으로 하거나, 최근 사회적으로 이슈가 되고 있는 가치를 다루고 있는 작품을 고르려고 노력했다. 『기억하는 소설』 같이 사회적 재난을 주로 다루고 있거나 『숨 쉬는 소설』처럼 기후 위기와 환경 문제를 다루고 있는 소설을 목록에 담았다.

이 수업도 시 비평문 쓰기와 활동 순서는 같다. 읽기 시간을 조금 더 준 것 빼고는 똑같다. 둘 다 수행 평가로 점수를 반영했지만, 서평 쓰기가 최종 과제, 시 비평문이 중간 과제라고 생각하고 수업을 설계했다. 시 비평문에서 나왔던 오개념이 이번에는 조금 줄어드는 모습을 보았다. 시 비평문

때보다 확실히 내가 댓글을 다는 게 줄었다. 사실 내가 지쳐서 덜 달았나 하는 자책도 해본다. (그냥 학생들이 여러 번 하면서 개념이 잘 잡혀갔다고 생각하고 있다.)

마무리하며

아쉬웠던 점을 몇 가지 보자면, 우선 학생들이 점수를 잘 받을 수 있는, 또는 비평문을 쉽게 쓸 수 있는 작품을 고르는 경향이 강했다. 좋은 의미로는 교사의 출제 의도를 잘 파악해서 영리하게 대처한 것이고, 좋지 않은 의미로는 쉬워 보이거나 고민을 조금이라도 덜 할 작품을 찾은 것이다. 물론 작품을 고르는 것도 하나의 역량이고 선구안이라고 하지만 도전하는 맛이 조금 부족했달까. 작품을 제시할 때 좀 더 세심한 접근이 필요하다는 생각이 들었다. 그리고 네 가지 관점 중 어떤 걸 활용해야 교사가 원하는 글을 쓰는지 파악한 듯했다. 이 부분은 좀 더 심각하게 고민해야 할 필요가 있다. 내가 제시한 작품 중 어떤 작품은 인터넷에 치기만 하면 모범 답안 같은 글이 줄줄 나오는 작품도 있다. 물론 몰랐던 것은 아니다. 그런 작품을 넣은 이유는 아예 하지 않는 학생들에게 뭐라도 찾아보고 조금이라도 읽으면서 개념을 익히라는 것이었다. 그러나 몇몇 학생들은 편한 길을 가겠다고 선택한 학생들도 있었다. 그리고 제시한 작품들이 하나 같이 반영론 적용이 쉬운 작품들이었고, 조금만 찾아보고, 중학교에서 수년간의 수행평가로 다져진 눈치라면 이 정도는 금방 알 수 있었을 것이다.

그렇지만 학생들이 조금은 숨이 붙은 지식을 얻었을 것 같다는 미약한 희망이 있었고, 학생들이 생각보다 글을 잘 쓰고 교사의 의도를 잘 따라와 준 것 같아서 뿌듯했다. 조금 더 욕심을 내서 몇몇 사항을 보완한다면 앞으로 꽤 오래 쓸 수 있는 활동 아이템을 마련한 기분이 든다. 앞으로도 작품을 해석하는 눈과 머리를 기를 수 있는 수업을 할 수 있었으면 좋겠다.

국어 교사 강상준

(nonennom@naver.com)

2022. 중3 문학 비평집

꾸글꾸글 문학비평

발행일 2023년 2월 15일

지은이 대구중학교 3학년

강부우, 강주영, 구혜원, 권하경, 권호승, 김가슬, 김나윤, 김도연,
김수빈, 김은서, 김지우, 김지혁, 김채원, 김현서, 박다민, 박소연,
반하윤, 심연우, 안선빈, 오수연, 윤다현, 이수연, 이예진, 이윤정,
이윤주, 이현준, 임송은, 장원준, 전유정, 정정아, 정주희, 제갈서연,
조이안, 조하은, 최현민, 추현진, 현지윤, 홍다영

엮은이 강상준

발행인 정창룡

발행처 매일신문사

주소 대구광역시 중구 서성로 20

전화 (053)251-1421~3

ISBN 979-11-90740-23-4